カピタンの銃

剣

生俊平 17

麻倉一矢

時代小説

二見時代小説文庫

目次

カピタンの銃——剣客大名 柳生俊平《としひら》17

カピタンの銃――剣客大名 柳生俊平17・主な登場人物

柳生俊平《やぎゅうとしひら》……柳生藩第六代藩主。将軍家剣術指南役にして将軍吉宗《よしむね》の影目付。

伊茶《いさ》……浅見道場の鬼小町と綽名された剣の遣い手。想いが叶い俊平の側室となる。

梶本惣右衛門《かじもとそうえもん》…服部半蔵の血を引き、小柄《こづか》打ちを得意とする越後高田藩以来の俊平の用人。

森脇慎吾《もりわきしんご》……柳生藩小姓頭《がしら》から用人見習いとなった、俊平の信任が厚い若き藩士。

長崎屋源右衛門《ながさきやげんえもん》…日本橋本石町《ほんこくちょう》で百年続くの阿蘭陀《オランダ》使節団の定宿「長崎屋」の主。

文奈《ふみな》……源右衛門の娘。お局館で伊茶と知り合い柳生藩邸を訪れる。

青木昆陽《あおきこんよう》……薩摩芋栽培の奨励を幕府に助言した儒学者。吉宗より書物御用達を拝命。

大樫段兵衛《おおがしだんべえ》……俊平の義兄弟となった武芸者。筑後《ちくご》三池《みいけ》藩主・立花貫長《たちばなやすなが》の異母弟。

玄蔵《げんぞう》……遠耳《とおみみ》の玄蔵と呼ばれる幕府お庭番。吉宗の命《めい》により俊平を助ける。

さなえ……お庭番十七家の中川弥五郎左衛門配下だった紅一点。玄蔵とともに働く。

黒揚羽《くろあげは》……博多を根城とし西国諸藩と手広く商いをする海商「肥前屋《ひぜんや》」の女主人。

奥伝兵衛《おくでんべえ》……若き俊平に新陰流を伝えた尾張柳生の剣の師。

東藤伝七郎《とうどうでんしちろう》……尾張柳生の剣豪にして、幕府の尾張藩への締め付けに反発する藩内の急先鋒。

立花貫長《たちばなやすなが》……一万石同盟を結んだ筑後三池藩一万石藩主。十万石の柳河立花藩は親藩。

市川団十郎《いちかわだんじゅうろう》…大御所こと二代目市川団十郎。江戸中で人気沸騰の中村座の座頭《ざがしら》。

第一章　江戸の阿蘭陀人《オランダじん》

一

「これは、なんとも美味なる菓子よの」

伊予小松藩主一柳頼邦《いよこまつはんしゅひとつやなぎよりくに》が、酒にでも酔ったような上気した口ぶりで言った。

江戸城中では、末席中の末席である菊の間《きくのま》詰め、わずか一万石の小大名三人が、皮肉を込めて結成した一万石同盟の寄り合いが、久方ぶりに催《もよお》された。

場所は、深川《ふかがわ》の料理茶屋〈蓬萊屋《ほうらいや》〉。いつものように、それぞれご贔屓《ひいき》の芸者を呼び、賑《にぎ》やかな宴となった。

話題はもっぱら、芸者たちが呼ばれていった阿蘭陀宿、長崎屋《ながさきや》のことであった。

めずらしいところに呼ばれた芸者たちが、土産《みやげ》に持ち帰った阿蘭陀菓子を、馴染《なじ》みの三大名に供している。

「阿蘭陀人どもめ、常日頃このようなよい思いをしていたとは、ちと狡《ずる》いの」

筑後《ちくご》三池《みいけ》藩主《はんしゅ》立花貫長《たちばなやすなが》が、荒っぽい口調で言った。

なんとも見たことがないその阿蘭陀菓子が、美味《うま》いのである。

「あら、そんなこと」

梅次《うめじ》が笑って言葉を返した。

「阿蘭陀さんが、悪いわけじゃあございません」

深川芸者らしく、染太郎《そめたろう》が男まさりな口調で言い返した。

柳生《やぎゅう》俊平《としひら》と一柳頼邦が、苦笑いして顔を見合わせた。

「ところ変われば、食べるものも変わるということだ」

俊平が、笑って話をまとめた。

「ところで、そなたらは、なぜ長崎屋に呼ばれたのだ」

立花貫長が、染太郎に訊ねた。

「ええ。阿蘭陀人のカピタンが、江戸の芸者と話がしたいとのことで、うちによくいらっしゃる長崎屋の旦那さんが、あたしたちに目をつけたってわけで」

「そういうことか」

カピタンとは、英語で言うキャプテンのことで、江戸時代は長崎にあるオランダ商館の館長を指した。

オランダ語ではなく、ポルトガル語が誤用されたのは、戦国時代の南蛮貿易《なんばんぼうえき》で、ポルトガルやスペインの商人たちが主役であったことに由来する。

「その者ら、けっこう遊び慣れておるようだな」

「そのようで。長崎屋さんの話では、長崎では出島《でじま》を飛び出し、町に繰り出して、かなり羽目《はめ》を外しているそうでございますよ」

梅次が言う。

「なんだ。幕府の統制も案外緩《ゆる》いものだな」

俊平が言えば、

「そうらしうございます」

と、梅次が口元に笑みを浮かべながら、頷《うなず》いた。

「阿蘭陀国との交易は、すでに百年を越えている。そう堅苦しくもしていられぬのであろう」

俊平が言えば、

「それはそうじゃ」

と、貫長が頷いた。

「わが国と阿蘭陀国は、それほど相性が良いのかの」

頼邦が、首をかしげながら俊平に訊ねた。

「割り切った連中なのだそうだ。西班牙《スペイン》や葡萄牙《ポルトガル》は切支丹《キリシタン》の宗門を押しつけてきたが、阿蘭陀は交易ができれば、それでよいという」

「はは、万事金《かね》か」

貫長が皮肉げに言えば、

「まあ」

梅次も苦笑いした。

「あの人たち、日本の女の人たちの扱いにも、ずいぶん慣れているみたいなんですよ。口もお達者でして」

「ほう、どのようなことを言う」

頼邦が、興味深げに訊ねた。

「この国の女は、色気があると」

「さてな、そなたらは男まさりだ。あまり色気があるとは思えぬ」

「まあ」

梅次が言うと、他の女たちも口を尖《とが》らせた。

「それから、女はみな色が白い。これほど白い女は、世界にもおらぬと」

染太郎が言う。

「馬鹿な、奴らのほうが白いではないか」

いい加減なことを言うと、貫長が怒ってみせた。

「どれも嘘八百ばかりではないか。しゃあしゃあと、よく口から出まかせが言えたものだ」

俊平が、からからと笑いだした。

「あたしに向かって、ぬしと朝寝がしてみたいですって」

梅次が、俊平の胸をつついて笑った。

「だが、見ようによっては、面白い奴らと言えなくもない」

頼邦が、苦笑いして言う。

「そ奴ら、相当この国に馴染んでおるようじゃの」

俊平が訊ねる。

「ええ、相当に」

染太郎が頷いた。

「ならば、その者らけっして侮《あなど》れぬぞ」

　貫長が言った。

「まことよな。大海を越えて、習慣もまったくちがう海の果ての国に長逗留《ながとうりゅう》したあげく、人の目に晒《さら》されて江戸まで旅をしてきたのだ。よほど根性が据わっておらねば、やっていけぬな」

　俊平が言えば、二人の大名も真顔になって頷いた。

「あたしは、面白い人たちだと思いましたよ」

「うむ。われわれの参勤《さんきん》とて、大海を越えることに比べれば、大した旅とは言えぬわ」

　頼邦が言えば、みな顔を見合わせ頷いた。

「あたしなんて、しがない深川の芸者。身の廻りでは、そんな面白いことなんて起きないんだから」

　染太郎が、ふてくされたように言った。

「よいではないか。平凡なようでいて、みなそれぞれ大切な人生を生きておる。その人にとって日々の生活が素晴らしいのであれば、毎日が祭りなのだ」

　俊平が、猪口《ちょこ》の手を休めて言った。

みな納得したと言わんばかりに、頷く。

「それにしても、調子のよいやつらだ」

「まあ、貫長さまはそればっかり。ひょっとして、あの人たちを、羨《うらや》んでいらっしゃるのでは」

「たしかに、そんなに悪い人たちじゃなかったですよ。おっかなびっくり出かけて行ったんですが、すっかりうち解けて、帰る頃にはもうお友だち」

「ほう」

俊平が、梅次に笑いかけた。

「我らは、長崎屋に行ったことがない。どのような宿なのだ」

貫長が、染太郎に訊ねた。

「目立たぬ館でございます。外見からは、そこいらの建物とそう変わるもんじゃありません。なんでも、薬も商っているそうで」

「なに、薬の商いか」

貫長が、驚いて梅次を見返した。

阿蘭陀商人の宿舎で、薬も商っているというのは、意外なことである。

「薬屋としても、繁盛しているのか」

俊平が訊ねた。

「さあ、どうでしょう。はっきりとは、わかりませんでしたが。阿蘭陀人の宿舎とはいっても、年に一度だけのことでございます。阿蘭陀宿だけではとてもやっていけない、そう幕府の要人に泣きついたこともあると、ご主人の源右衛門《げんえもん》さんは愚痴《ぐち》まじりに仰《おっしゃ》っていました」

染太郎が言う。

「阿蘭陀商人は年に一度しか来ぬのだから、無理もない。だからといって、宿舎の仕事はやめぬのだな」

「それは柳生さま、名誉か意地があるのでしょう」

「それにしても、もう百年あまり、よう続けておる」

貫長が、感心して顎《あご》を撫でた。

「ふむ、こちらも美味いの」

頼邦が、また別の菓子を頰張《ほおば》りはじめた。

「つまり長崎屋は、奴らが江戸に到着した折のみ、薬屋からがらりと変貌《へんぼう》するというわけか」

俊平が頷いた。

「だが、店には薬屋の面影はあまりないのだな」

「はい。入り口には阿蘭陀使節御宿舎の看板が出され、幔幕《まんまく》が張られて宿場の本陣《ほんじん》のような有様で、番頭、手代など、大勢の男衆がおりました」

「ふむ。されば、阿蘭陀人の部屋は」

「はい。使節一行に与えられていたのは、二階の四部屋でございました。広い一部屋がカピタンに用意され、残り二部屋が、医者と書記のためのものです。残り一つは客間となっておりました」

「なるほどの」

貫長が、興味深げに顎を撫でた。

「私たちが通されたのは、その客間でございます」

染太郎が三人を見返して言う。

「身体の大きな阿蘭陀人たちには部屋は窮屈そうで、書記の方は、ずっと部屋のなかでうろうろしておりました」

梅次が、思い出したように言う。

「ふむふむ」

三人はだいぶ話に乗ってきている。

「窓の外は、通りに面しておりましてね。大勢の人たちが、向かいの家の窓や屋根上から覗いているんですよ」

染太郎が言えば、

「げらげら笑っている人もいました」

豆奴《まめやっこ》が言葉を添える。

「まったく、行儀が悪いのう。それでは、阿蘭陀人たちも気が休まるまい」

俊平が呆《あき》れたように言えば、

「はい、苦笑いしておりました」

豆奴が頷いた。

「その間、長崎屋はどうしていたのだ」

「茶菓子を用意させたり、こまごまと動きまわっておりました」

梅次が言う。

「阿蘭陀人に付いているのは、どのような者たちなのだ」

「店の者が総出で歓待しているようすでございましたよ」

染太郎が言う。

「番頭や手代、それに若い娘もひとり付いていました」

「あれは、長崎屋さんの娘さんで、文奈《ふみな》さんといっていましたっけ」

豆奴が言った。

「そうか、そのような娘がおったのか」

「長崎屋の女将《おかみ》さんは、すでに他界されております。この菓子も、そのお嬢さんが作ったのではないかと思われます」

「そうか、それは大した娘よの」

俊平が感心して言った。

「それで、そなたら。阿蘭陀人たちと、どのくらい語り合ったのだ」

貫長が、梅次に訊ねた。

「さあ、一刻（二時間）余りも話したでしょうか。とにかく話が上手《うま》いものですから、片言の日本語なのに、こっちもつい乗せられて」

「よくも他愛のない話で、一刻も過ぎたものよ。通詞《つうじ》（通訳者）も大変であっただろう」

一柳頼邦が、呆れたように言った。

「いいえ。他愛のない話ばかりでは、ありませんでしたよ。率直《そっちょく》な話も、ずいぶん伺いました」

「ほう、そうか」

俊平が、興味深げに梅次の顔を覗いた。

「あの方々も、堅苦しい役人たちより女人と話したかったのかもしれませんね。聞けば、ずいぶん辛い思いをしているようですよ」

染太郎が言う。

「どのように辛いのじゃ」

貫長が身を乗り出して訊いた。

「とにかく、愚痴が多うございました」

「ほう。異人の愚痴を聞き出すとは、そなたらもなかなかだな」

貫長が、面白そうに言う。

「はい。江戸入りしてからというもの、型どおりの儀式ばかりで、相当窮屈《きゅうくつ》な思いを募らせているようで」

染太郎が言った。

「まあ、それが使節の儀礼であれば、致し方なかろう」

頼邦が、突き放したように言う。

「それはまあ、そうでしょうが、たとえば、献上品の交換だけで何十もあるそうなんです」

「それは大した数だな。どのような物を、上様に献上したのであろうか」

貫長が言う。

「ほぼ、反物《たんもの》だと伺いました。毛織物や絹織物、錦の織物……などだったそうです。めずらしい異国の生地《きじ》を使って着物に仕立てるのが、城中でもかなり流行《はや》っていると聞きました」

「なるほどの。異国の生地で着物か。わしも作ってみたい」

それは面白そうだと、頼邦が頷く。

「御城での入貢《にゅうこう》が終わった後も、今度はあちこち引きまわされて、気の休まる暇もない、とぼやいておりました」

「使節とはそういうものだがな。しかし毎回となると、嫌になってこよう」

頼邦も、今度は少し同情した。

「そのうえ、老中《ろうじゅう》、若年寄《わかどしより》、寺社奉行《じしゃぶぎょう》に南北町奉行の屋敷まで、挨拶《あいさつ》のために廻らねばならないそうです」

「それは凄いの。わしなら、そのような堅苦しい仕事、いつまでつづけられるか」

貫長が、驚いて言った。

「そうした毎日にうんざりしていたので、そなたらとは、気楽な話に花咲いたというわけじゃな」

俊平が三人に笑いかけると、

「そういうことでございます」

梅次が応じた。

「通詞の者たちも、さぞや疲れたであろうな」

頼邦が言えば、

「あの方々は、よくやっておられました。カピタンは、通詞の方がまるで阿蘭陀人のようだと申されておりました」

梅次は、日本の通詞を大いに褒《ほ》め上げた。

「そなたらも、よくやったな。気疲れした阿蘭陀人の骨休めになってやったのだ。立派なものではないか」

俊平も話を聞いているうちに、芸者たちを褒めてやりたい気持ちになった。

貫長も頼邦も、目を細めている。

「それほどでも、ございませんが」

梅次が笑って、酒器を俊平に向ける。

「カピタンは、こたびは上様と打ち解《と》けた話ができたと、まことに喜んでおられました」

染太郎が、嬉しそうに俊平に告げた。

「ほう、上様が打ち解けた話を」

俊平は、驚いて染太郎に問い直した。

「土産に阿蘭陀のお酒を持参したところ、大変喜んでおられたとか。上様は、阿蘭陀人や阿蘭陀の文物に大変興味を持たれておられるようで。随行の日本人馬術師や、通詞にこまごまと指示を与え、労をねぎらったそうにございます」

「それは、誰から聞いたのだ」

頼邦が訊ねた。

「通詞から聞いたと、阿蘭陀人の書記の方から」

「呆れたな。上様のご心境まで筒抜けではないか」

頼邦が、少し困ったように言った。

「だが、そうして打ち解けていくのはよい。形式ばかりの儀式では、使節も嫌になろう」

「でもあの人たち、羽目を外す時は、とにかくめちゃくちゃのようです」

梅次が苦笑いして言った。

「とまれ、面白い連中のようだ」

俊平と貫長が、顔を見合わせると、みなが菓子を奪うように取って食べているので、もうほとんど残っていない。

「このお菓子、今はこれだけしかありませんので、食べた気が、なさらないのじゃございませんか」

「阿蘭陀使節の話は面白い。なにか、他に話はなかったのか」

「さあ、なにを話したかしら」

梅次が隣の染太郎に訊ねた。

「日本の印象を訊きました」

「ああ、そうそう。日本はお好きって訊いたら、好きだ、もう離れたくないなどと」

「とにかく、お口の上手い人たちだから、話半分」

梅次が苦笑いする。

「あ、そうそう、お土産はまだあったんです」

梅次が手をたたいて言う。

「まだ、あるのか」

貫長が唸った。

「お酒ですよ。阿蘭陀のお酒が」

「なに、それは楽しみだ」

俊平が顔をほころばせた。

「ちょっとお待ちください。持ってまいりますから」

染太郎が立ち上がり、帳場に取りにいくと、やがてもどってきて、

「見ているだけでも綺麗でしょう」

半透明の四角い瓶《びん》に入った酒をみなの前に差し出した。

「ギヤマンの瓶入りだ」

頼邦が言った。

「なにやら、日本の酒と同じく、色はあまり付いておらぬの。すこし黄色がかっているか」

貫長が瓶を取って言う。

「まずは、飲んでみてください」

梅次が、三人の猪口にその酒を注いだ。

まず口をつけた頼邦が、うっと声を出し、目を白黒させた。

「強いか——？」

俊平が訊ねた。

「強い。日本の酒の比ではない」

「どうれ」

貫長が口をつける。

その顔が、見る見る赤くなった。

「ううむ、強いの。だが、美味い」

貫長が唸る。

「されば、私も」

俊平も、ゆっくりと猪口に口を運んだ。

匂いはない。透明感がある味があり、口あたりはよいが、強い酒だけにすぐに酔いそうであった。

「これは危ないの。すぐに廻りそうだ」

俊平は剣豪だけに、日々酒には飲まれぬように心がけている。

だが、美味い。

「いいじゃありませんか、柳生さま。今夜くらい」

梅次が俊平の顔をうかがいながら、二杯目を注いだ。

「それにしても、今宵《こよい》は愉《たの》しい宴となったの」

俊平が言えば、

「菓子に酒か。妙な取り合わせだが、どちらも美味だ」

貫長が、唸るように言った。

二
「おお俊平、まいったな」

将軍吉宗《よしむね》は、機嫌よさそうに俊平を手招きして、将軍御座《ござ》の間《ま》に招き入れると、象《ぞう》嵌《がん》をちりばめた黒漆《くろうるし》の将棋盤《しょうぎばん》の前に座らせた。

このところ、俊平が吉宗を訪れると、決まって、待ってましたとばかりに将棋の対局を迫られる。

将棋御三家の伊藤家《いとうけ》の手ほどきを受けて、腕を上げているらしい。

「上様、だいぶ調子が上がってこられましたな」

俊平が、待ち構える吉宗を警戒して身を引けば、

「ちとな。だが、まだまだ将棋の腕はそちが上であろうよ。このところ余に興味深いのは、紅毛《こうもう》諸国の学問じゃ。天文、気象、軍事と、いずれも余の興味を惹《ひ》きつけてやまぬ」

吉宗は、もともと理を説く学問が好きである。

天文観測に熱を入れ、気象観測でも、本丸御殿脇の内庭に大きな樽《たる》を設《しつら》え、雨量を計測していた。

「阿蘭陀使節が江戸入りし、上様に謁見《えつけん》されたそうにございますな」

俊平が、興味深げに話を向けた。

「うむ。毎年恒例のようにやって来るが、こたびは手土産も多く、面白かった。美味な酒も届けてくれた。無色透明の酒であったが、口当たりは滑らか、あれでは、つい飲みすぎてしまうの」

「その酒、たまたま、それがしも飲みましてございます」

俊平が、〈蓬萊屋〉で飲んだ酒を思い出して、吉宗に告げた。

口当たりはよかったが、すこぶるつきの強い酒であった印象が離れない。

「なに、そちも飲んだか」

「はい、まことにうまい酒でございました。こたびは上様、阿蘭陀使節ともだいぶ打ち解けたそうにございまするが」

「うむ。初めのうちは、馴染めず苦労した。肌の色もちがえば、目の色もちがう。言葉もちがえば、所作もちがう。どうしてよいか、困ったものじゃった」

「左様にございましたか……」

「じゃがここ数年で、ようやく話が通じるようになった。馴染んでみると、なかなかに面白い連中じゃ」

吉宗が、早々に駒を並べていく。

俊平も、慌てて駒を並べはじめた。

見れば、下座の隅に鉄砲《てっぽう》奉行が控えている。

「ほう、左様でございますか」

「あれに控える奉行に、なにか御用がございまするか」

怪訝に思って、俊平が訊ねた。

「なに、取りあえず控えさせておる。気に留めずにおってよい」

吉宗は、早々に駒を並べ終えて、俊平を窺《うかが》った。

いつでも来い、という気迫が漲《みなぎ》っている。

「深川芸者の話では、くだけた話しぶりで、本邦の生活にもだいぶ慣れていると聞きましたが」

「うむ。こたびは、阿蘭陀国の踊りを披露《ひろう》してくれた」

「ほう、踊りを」

俊平は、少し呆れてほくそ笑んだ。

吉宗と使節たちは、ほんとうにだいぶ打ち解けた関係のようである。

「書記が、ヴィオラと申す楽器を用意しておっての。それがまた、なんとも愉快な音色であったぞ」

「左様でございますか」

「そうなれば、もはや無礼講《ぶれいこう》。酒も出ての宴となった。ちと、羽目を外したかもしれぬ」

「どうなされたので」

「酔った素振りもさせた」

「それは、ずいぶんと飲みすぎましたな」

俊平が、酔った吉宗と阿蘭陀人を思い浮かべながら言った。

「さらにあの者ら、調子に乗って、本邦の踊りも披露したぞ」

「ほう、それは奇態なこと」

「長崎は、丸山町《まるやまちょう》で憶えたと申してな。あのような芸者の踊り、余も初めて見た」

吉宗は、その時のようすを思い出して笑った。

「それにいたしましても、紅毛人は、西班牙や葡萄牙など、南蛮人とはずいぶんちごうておりますな」

「そのことよ、俊平。南蛮人は切支丹の宗門を押し付けてくるが、紅毛人は交易ができればそれでよいらしい。割り切ったものじゃ。当方も、それでよいのじゃが」

「はあ、まことに左様にございます。大事なのは、宗門ではなく向こうの技術」

「万事が金と割り切っておる。商人の国なのであろう」

「御《ぎょ》しやすうはございましょうが、その分したたか」

俊平が、幾分表情を引き締めて言う。

「うむ、用心せねばならぬと思う。じつはな、あの者らがこたびは、武器を買わぬかと申してまいった」

「ほう、武器を——」

「そうじゃ。新式の鉄砲を買わぬかと申したのじゃ」

「新式、と申しますと、どのような鉄砲なのでございましょう」

俊平は、駒を駒台にもどして興味深げに訊ねた。

「うむ。フリントなんとやら、と申しておった」

吉宗は、部屋の隅に控える鉄砲奉行を呼び寄せ、

「あの新式銃、なんと申したかの」

と大声で訊ねた。

「それがし、同席いたしませんでしたので、しかとはわかりかねまするが、フリントロックという名の銃と存じます」

鉄砲奉行は深く平伏した後、見たこともない銃について、冷や汗をかきながら説明を始めた。

「つい先日、それがしも書物で調べましたものゆえ、さだかにはわかりませぬが……」

「よい、よい。本邦には入っておらぬと申しておった」

「その新式銃、どのような特徴があるのであろうな」

俊平が、鉄砲奉行に尋ねた。

「特徴までは書物に書いておりませんで、存じかねまするが……」

言いよどむ鉄砲奉行を遮《さえぎ》るように、

「わしは、覚えておるぞ」

と、吉宗が言い放ち、説明を始めた。

フリントロック式とは、マスケット銃などの火器に用いられた点火方式で、マッチロック式（火縄式《ひなわしき》）の火縄に代わって、フリント（燧石《すいせき》、火打石《ひうちいし》）が取り付けられている。

引き金を引くと、フリントを取り付けた撃鉄《げきてつ》（ハンマー）が火蓋《ひぶた》の当たり金を打ち付け、こすれて火花が生じる。

撃つたびに手動で火蓋を開かなくてよい分、火縄銃より射撃間隔を短くでき、火縄を使わないいため、集団戦で誤った引火を誘発する危険性も下がった。

「なるほど。火縄を用いず、燧石にて着火するのは、きわめて手軽でございまするな」

俊平が、納得して相槌《あいづち》を打った。

「紅毛諸国では、もはや火縄銃は使うておらぬそうじゃ。彼我《ひが》の戦力には、かなり差が生まれておるようじゃな」

「それは、油断なりませぬな」

俊平が、真顔になって言った。

「阿蘭陀国に侵略の意図があるとも思えぬが、たしか天竺《てんじく》は、英吉利《エゲレス》の野望にさらされておると聞く」

「左様でございます。用心に越したことはございませぬ」

俊平が落ち着いた口調で言えば、鉄砲奉行も頷く。

「うむ。わが国でも新式銃の考案をせねばなるまい。それはそれとして、俊平よ」

吉宗が、やおら身を乗り出して、俊平を見つめた。

「なんでございましょう」

俊平も手にした駒を駒台にもどし、居住まいを正した。

「その新式銃、他藩に渡った場合には、ちと面倒なことになる」

吉宗が、わずかに眉を曇らせて言った。

「左様でございましょうな。それほど火縄銃と威力がちがいますれば、万一敵味方争いとなった場合、幕府軍は劣勢となるやもしれませぬ」

「むろん、何処《いずこ》の藩も台所は苦しかろう。だが無理をしてでも、手に入れようとする勇ましい藩が現れるやもしれぬ」

「千挺とまではいかずとも、五百挺でも手に入れますれば、大きな脅威《きょうい》になりましょう。いや、それを模して、自前での製造に乗り出すやもしれませぬ」

「大いに考え得る。戦国の世、種子島《たねがしま》に漂着した葡萄牙人《ポルトガル》の火縄銃も、翌年には我が国の工人が見事に再現しておる。そこでじゃ、俊平」

「はい」

「阿蘭陀の使節に、しばらく目を配ってはくれぬか。よもやとは思うが、他藩にあの銃が渡れば、由々《ゆゆ》しき事態となる」

吉宗にそう言われて、俊平は息を呑んだ。

「しかしながら、目を配れと申されても。小藩とは申せ、それがしも藩主。上様の剣術指南役も務めておりますれば、長崎への帰路に同行するわけにもいきませぬ」

「それは、そうじゃ。そのあたりのことは、そちに任す」

吉宗は、笑って突き放した。

「と、申されても――」

「そなたなら、妙案を思いつくじゃろう。影目付と申しても、人手はあまりおらぬであろうが、お庭番をまわす」

吉宗はそう言って、またにやりと笑い将棋盤に目を移した。

「よいか、俊平。今日は、そちに容易《たやす》くは負けぬぞ」

「まことに、手強そうにございまするな」

俊平は、吉宗の気迫に押されつつ、盤面に目を向けた。

すでに勝負は始まっている。いささか、初手から劣勢のようにも見えなくはない。

「上様。いつから、そのようにお強くなられました」

「なんの。余は強くなってはおらぬ。そなたがちと動揺しておるため、そう見えるのであろう」

吉宗は、そう言ってくすりと笑った。

「こたびの事、まことに困難な使命とは思うが、そち以外に頼む者とてないのじゃ」

「そこまでのご信頼、ありがたくは存じまするが……」

俊平は苦い吐息をもらして、盤面を睨んだ。

「天下泰平のためじゃ、一肌脱いでくれ。そちと余とは、松平《まつだいら》と徳川《とくがわ》の仲じゃ。そなたも、余とは遠縁ではないか」

「はあ。それを申されましても……」

吉宗の冗談とはわかっていても、将軍相手に口答えはできない。

俊平は、唇を曲げて吉宗を見返した。

脇で、鉄砲奉行が俯《うつむ》き、笑っている。

三

大奥《おおおく》お庭番《にわばん》の精鋭、遠耳《とおみみ》の玄蔵《げんぞう》と、その配下の女忍さなえが、木挽町《こびきちょう》の柳生藩邸を訪ねてきたのは、それから三日ほど後のことであった。

「まあ、さなえさん。ちょっと見ないうちに、すっかり大人らしくなられましたね」

玄蔵と並んで挨拶をし、顔を上げたさなえを、側室の伊茶《いさ》が驚きの目で見た。

以前は、髪を引っ詰めて後方に束ね、日焼けした飾り気のない小顔を見せ、どこか少年のような面影さえ湛《たた》えていた。

そのさなえが、今は幾つも歳を重ね、玄蔵と並んで大人っぽくなったように見える。

それには俊平も気づいて、

――おや？

と、目を見張ったものであった。

二人が訪ねて来るのは、およそ一ヵ月ぶりとなるが、その一ヵ月の間になにがあったのか、俊平には想像もつかない。

「私は、昼餉《ひるげ》を済ませたが、そなたらは？」

俊平が、玄蔵とさなえに声をかければ、

「あ、いえ。昼餉は済ませてまいりましたので」

と玄蔵が、お構いなく、と手を上げた。

「ほう。一人者のそなたには、めずらしいの」

「いいえ。ちょうど、役宅にこ奴が来ておりましたので、昼餉を作ってもらいました」

玄蔵が言って、後ろ首を掻いた。

「それはよい。さなえは、良いことをしたな。玄蔵はたった一人のやもめ暮らし、なにかと不便なこともあるものだ」

「玄蔵さまには、ずいぶんとお世話になっておりますから。あたしのできることといえば、それくらいで」

さなえが笑う。

「玄蔵さまは、これでけっこう器用なお方、こまごまとしたことにも、ずいぶん慣れていらっしゃいますよ」

「そうであったかの」

俊平が笑って玄蔵を見返せば、玄蔵は苦笑いしている。

「よいよい。玄蔵もそなたにずいぶん目をかけておる。そうして、喜ばせてやれば玄蔵もずいぶん助かろう」

俊平が言えば、伊茶も笑ってうなずく。

「いやいや、近頃は父親代わり以上の仲の良さだ」

俊平が前かがみに顔を寄せ、二人を見て笑うと、

「まあ、そのようなことは――」

さなえが、顔を紅《あか》らめた。

「ご冗談でございましょう。あっしはもう、四十の坂を越えちまいました。さなえは、まだ三十歳そこそこ。とても釣り合うもんじゃございません。さなえがその気になれば、いくらでも気っ風《きぷ》のいい若い衆が寄ってきまさあ」

「いやいや、男女の関係は、歳だけできまるものではないぞ」

「へい。では、なにできまるので」

玄蔵が、真顔になって俊平に訊ねた。

「そうよな――」

俊平はふと考えて、

「呼吸よな」

「こきゅう……？」

「つまり、息が合うかどうかがいちばん大事であろう。いくら歳が近くとも、なにを考えているかわからぬ相手もある。そなたらは、呼吸もぴったりではないか」

「そんな……」

玄蔵が言えば、さなえは納得したのか、明るい顔で頷いた。

俊平の言葉に、気づくところがあるのだろう。

「玄蔵さまを見ていると、とても頼りになるお方と思う反面、どこか守ってさしあげたいような、そんな引きつけられるようなものを感じるのです」

「おお、それは大したものだ。それが女心というものだ。玄蔵、やるの」

「は、はあ……」

玄蔵は、しきりに頬を撫でている。

伊茶は、その玄蔵の顔をうかがい、黙ってにやにやと笑うのであった。

「ところで、玄蔵。そろそろ本題だ」

「へい」

玄蔵は、にやけた顔を元にもどして、

「本日伺いましたのは、上様よりのご下命で、御前とともに探索に当たるようにと、承《うけたまわ》りましてございます」

「そうか。むろん、阿蘭陀の新式銃の話であろう」

俊平が、居ずまいを正して頷いた。

「はい」

「されば、こたびもよろしく頼むぞ」

「それはもう。御前の下で働けるのは、このうえない喜びでございます。さなえとも
ども、全身全霊、ご奉公したいと思っております」

「こちらこそ、そなたらの助けあっての影目付の大任と、いつも思うておる。じゃが
の——」

「なんでございましょう」

玄蔵が前のめりになって、俊平を見た。

「この話、あまりにとりとめもない」

「たしかに——」

玄蔵も軽い吐息を洩らすと、俊平がつづけた。

「阿蘭陀使節は、こたびも長崎から江戸まで、長旅を重ねてやってまいったが、その
間三百人の護衛付きで、身動きもとれなかったはずだ。他藩に千挺もの銃を売り付け

るなど、できぬ相談ではないかと思う」

「あっしも、初めはそう思いました。でも、心配が少しずつ、増えてまいりました」

玄蔵が、真顔になって言った。

「ほう、心配とは——?」

「へい。ひとつには阿蘭陀人はおそらく、幕府がそれほど他藩を警戒しておるとは、思っておらぬのではないかと思うのでございます」

「それはそうだな。わが国の事情など、異人にはなかなかわかるまい」

俊平が応じた。玄蔵は頷いて、つづける。

「紅毛諸国は、大藩がいくつも残るわが国とはちがい、国内にさほどの脅威が存在しておらぬと聞きおよびます。それゆえ、幕府が他藩を警戒する気持ちが、よくわからぬのではないかと存じます。他藩に銃を買わせたというて、さして問題にはならぬと考えておるやもしれませぬ」

「ふむ、それは一理ある。わが国には、たしかに戦国より生き残った大藩が多数ある。紅毛諸国では、そうではないとしたらの」

「それゆえ、商売のため、容易く声をかけるということはございましょう」

「うむ、ありえよう」

俊平と並んで座す伊茶も頷いた。

「一方、新式銃を欲しがる大藩は、かなりの数にのぼるはず」

「そう思うか」

「戦国の気概《きがい》を残す外様大名《とざまだいみょう》はあまたございます。ことに西国九州諸藩は、そうした大名の巣窟《そうくつ》と申せましょう」

「巣窟か……」

俊平は苦笑いを浮かべた。

「しかも九州は、幕府の目が届きにくく、抜け荷（密貿易）も頻繁《ひんぱん》に行われているところ――」

つい数年前、絶望的な飢饉《ききん》に見舞われた西国諸藩は、一時やむをえず抜け荷に手を染めたが、その甘い汁を吸ってからというもの、抜け荷と縁を切れない藩も多いという。

「島津家《しまづけ》の琉球《りゅうきゅう》を拠点とした抜け荷は、もはや公然のことのように語られております。他藩とて……」

「そうしてみると、新式銃の売り先はじゅうぶんにあるな」

「そう、思いまする。ご油断はなりませぬ」

玄蔵がきっぱりと言い切って、俊平をうかがった。

「なるほどの。これは、腰を据えて取りかからねばならぬ大仕事のようだ」

俊平はあらためて伊茶と顔を見合わせ、姿勢を正した。

「あっしも、そう思い定めたしだい」

玄蔵が、そう言って深く頷いてみせた。

小姓頭《こしょうがしら》の森脇慎吾《もりわきしんご》が、玄蔵とさなえのために、茶と菓子を盆に載せて部屋に入ってくる。

菓子は、伊茶手づくりの酒蒸《さかむ》し饅頭《まんじゅう》である。

「慎吾。そなた、このさなえをどう見るな」

「はて、さなえどのは、いつもと変わらぬごようすとお見受けいたしますが」

きょとんとした顔で慎吾が言う。

「これでは、話にならぬ。慎吾は、女人を見る目がまったく育っておらぬな。嫁取りは、まだまだ先だな」

「はあ、さようでございましょうか……」

慎吾は顔を赤らめ、頭を掻いた。

玄蔵とさなえが、顔を見合わせて笑う。

「最前から、さなえがだいぶ女らしくなったと話し合っていたところだ」

俊平が言った。

「そう言えば、そのようにも……」

慌てて慎吾がそう言って、あらためてさなえの顔を見た。

さなえが、顔を紅らめて俯《うつむ》いた。

「これは、大人の話ゆえ、そちにはちと早すぎたかの」

「いいえ、私にも、さなえどのの変わりようがわかりました。なにやら、女人のふくよかさが増し、しっとりと、女ぶりが上がってきております」

「そうか、されば婚儀《こんぎ》も近かろうな」

俊平がかまをかけるようにそう言うと、玄蔵が顔を紅らめた。

「さて、話をもどそう。されば玄蔵、そなたは、どのあたりから探索の手をつけるな」

「はい。阿蘭陀使節の一行が、我が国の者と接触する機会があるのは長崎、ついで江戸でございましょう。貿易交渉は、長崎奉行の監視のもとで行われております。まずは、長崎奉行の窪田忠任《くぼたただひと》様の周辺を探ることから始めたいと」

「窪田は、使節一行とともに江戸に来ておる。あとは長崎屋じゃな」

「左様でございます。下調べをしましたところ、長崎屋源右衛門は、かなり顔が広うございます」

玄蔵は、いかにも怪しいと言わんばかりである。

「されば、その交遊関係も当たってみねばなるまい」

「とまれ、使節団の江戸での接触には、じゅうぶん注意せねばなりませぬ。幕府に銃の購入を断られたのでございますから、他藩への売り込みも、まずは江戸から始まるのではないかと思われます」

「それは、そうであろうな。それにしても、下調べを始めているとは早いの」

「と申しましても、私ではなくこのさなえが動きはじめたばかりでございまして、まだ大したことは摑めておりませぬが」

「で、なにかわかったことはあったか、さなえ」

俊平が、さなえを覗くように見て、訊ねた。

「はい。長崎屋の交際の広さには、驚きました。あらゆる類《たぐい》の商人が出入りしております」

「ほう。それは、どのような者らだ」

「元々が薬種問屋でございますので、同業者がよく出入りしておりますが、その他は、阿蘭陀人使節を接待するための商人でございましょう」

「ほう、接待とは？」

「日々使う細々《こまごま》とした物を扱う商人も、多数出入りしております」

玄蔵が言葉を添えた。

「なるほどの」

「その他には、服を整える者たちも、たびたび」

「はて、本邦の呉服か」

「いえ、紅毛人のためのものと思われます」

「異人の服か。それは、呉服屋もさぞや大変であろうな」

「それから、江戸土産となる小物を商う者も、多く出入りしております」

「なるほど、あらかたわかった。それら小商人に、鉄砲を売り付けるわけもなかろうが、なにか裏があるやもしれぬ。だが、そこまで調べねばならぬかの」

俊平はそう言って、慎吾と顔を見合わせ、眉を曇らせた。

そうなれば、大変な作業となる。

「まずは、大商人から調べていきたいと思っております」

玄蔵が言う。

「うむ、私も動く。まずは、長崎屋を訪ねてみねばならぬと思うておる」

「それは、ぜひ行かれませ。阿蘭陀使節、長崎屋などは、お会いなされたほうがきっとなにか摑めると存じます」

「よかろう。とまれ、さなえ、玄蔵をしっかり見守ってやってくれよ」

と笑って声をかけると、さなえは、俊平を見返し、はいと力強く頷いた。

四

俊平は、藩邸を訪れた妙なその初老の男を、目をしばたたいて見つめた。

一瞬、何者かわからなかった。

小皺《こじわ》の多い陽に焼けた顔で、眸《ひとみ》は細く、表情は温厚そのもの。俊平を見つめ、笑みを絶やさない。

地味な綿《めん》の紋服《もんぷく》で、髪は総髪《そうはつ》にし、引っ詰め髪にして後ろに束《たば》ねている。その髪は、白髪交じりになっている。

供を一人連れていた。

百姓然とした若者で、紺《こん》の地味な綿服を身に着けている。

小作りの顔で髪を後ろで束ね、主《あるじ》の後方にひょこんと控えているだけなのであった。初老の男は一見学者然とした風貌《ふうぼう》だが、刀を玄関で若党に預け、青木《あおき》でござるよ、と名乗ったが、その名を聞いたところで、俊平はすぐには誰か思いつかなかった。

「私じゃよ、昆陽《こんよう》じゃよ――」

そう聞いて、

「ああ……」

俊平は、ようやく思い出した。

薩摩芋《さつまいも》を諸国に広め、民を飢饉《ききん》から救ったあの青木昆陽である。

芋先生という愛称で、すでに諸国に知られ、江戸でも知らぬ者はない。一時俊平も親しく交わったことがあったが、あいにく近頃はその噂を聞かなかった。

とはいえ、伊茶が小石川《こいしかわ》の薬園で知り合い、ともに芋の品種改良に取り組んだこともあるので、その名はしかと耳に残っている。

今では正式な幕臣となり、近く書物御用達を仰せつかるという話であった。

それにしても、しばらく会わないうちに歳月が流れ、昆陽の風貌は、ずんぶん変わってしまったようである。

「じつは、上様よりの内々の命《めい》で、阿蘭陀の書物を集めることになりましてな。本邦とは異なる文化で興味深いうえ、学問の発展も著しいようであるからと、宗門書以外なら積極的に購入なされたいそうじゃ。そういうわけで、購入する書物の選別を私に任された」

「なるほど、それで書物御用達に」

「いやいや、まだ内々の話じゃ。とまれ柳生殿とともに阿蘭陀宿長崎屋に赴《おもむ》き、使節一行と接触してほしいとの仰せだ」

「はて、私と一緒に――」

「さよう。柳生殿をご指名じゃ。上様のお話では、紅毛諸国の兵学はことに大事、幕府の剣術指南役の柳生様には、かの国の兵法を学んでほしいと申しておられた」

兵法とはいうものの、吉宗の関心はやはり新式銃であろう。

他藩に売り付けぬか、ともに目を光らせてほしいという、先日の下命の念押しであろう。

「それがしは、一介の剣術指南役。鉄砲、砲術など、まったくの門外漢《もんがいかん》だが」

俊平は、困惑して昆陽を見つめたが、

「まったく、上様は無茶なことを申されるお方。私もまず、阿蘭陀語を学ばねばなるまい」

「されば、昆陽殿だけにご苦労を掛けるわけにもまいりませぬな。お供いたします。しかし、鉄砲や大砲のことは、まことなにも知らぬのです」

と言って、俊平は後ろ頭を掻《か》きながら苦笑いした。

「まずは、私が翻訳した兵法書を一冊、お貸しいたそうと思い、持参しました」

昆陽は振り返り、若者に指示をすると、その若者は風呂敷《ふろしき》に包んでいた一冊の本を取り出した。

「昆陽どのは、はや、阿蘭陀の書物を翻訳中か。さぞかし労作でござろう。ぜひとも拝見したい」

俊平は驚いて、昆陽を見返した。

「なに、お見せできるのはまだ半分。未熟者にて、遅々として先に進みません」

昆陽は、おもむろに若者から本を取り上げて、

「これでございますよ」

と、俊平に丁重に差し出した。

中をめくってみれば、なるほどなかなかの労作で、読みやすい日本語に翻訳されている。

図版の部分は、弟子の手でしっかり模写されていて、原本と寸分違《すんぶんたが》わないようであ

った。

「これは、よい」

パラパラと捲《めく》ってみれば、紅毛諸国での砲術の発達ぶりが詳しく記されている。

「まずは、粗茶でござりますが」

伊茶が部屋に入り、昆陽と若者に茶を差し出した。

伊茶は、師とも言うべき昆陽の来訪を大いに喜んだ。

「銃が、ここまで改良されておるとはな」

「さよう、我らの知らぬ間に。大きな声では申せませぬが、交易の禁令も考え物と存ずる」

「ふうむ。我が国は大分遅れをとってしまったな」

俊平が伊茶を見ながらつぶやいた。

「これを見るにつけ、紅毛諸国は油断がならぬと、つくづく思いまする」

昆陽が、真顔になって俊平に告げた。

「油断なりませぬか……？」

伊茶が横から訊ねる。

「日本は島国なうえ、交易が禁じられておるゆえ気づきませぬが、紅毛諸国との戦力差は、かなり開いております。のんびりしていては、他国に蹂躙《じゅうりん》されぬともかぎりません」

「泰平の世はよいが、武器の開発だけは、しっかりやっておかねばならぬな。いずれ、天竺のように飲み込まれてしまいかねぬ」

「上様も、そのようにお話しされておりました」

昆陽が言う。

「されば、この私のお役目も重要と存じましてな。しっかり腰を据え、書物に習熟せねばなりませぬ」

「昆陽先生は、なにに取り組むのも熱心でおられます。私は、いつも驚嘆して見守っております」

昆陽の脇に座した伊茶が、感心した口ぶりで言う。

「ところで、阿蘭陀商館長のカピタンが、幕府に一千挺の新式銃を買わぬかと持ちかけてきたようです。上様は、お断りになられたそうな。柳生殿は、いかがお考えでござるか」

「聞き及んでおりますが、金の問題がありましょう。幕府は、懐《ふところ》に余力がない」

「それゆえお断りになられたようですが、上様もずいぶんご関心がおありのようす」

「そのようです。それから私には、他藩に売る動きがないか、調べてほしいと仰せでした」

「なるほど。その新式銃が諸藩に渡れば、幕府の脅威になり得るというわけか」

昆陽が深く頷いた。

「阿蘭陀国との交易は、幕府を通さねばならぬ掟《おきて》。カピタンも、幕府の目を盗んで他藩に鉄砲を売るなど、よほどのことがない限りあり得ぬと存ずる。しかしそれでも、万一のため、目を配っておかねばなりませぬ」

俊平がそう言うと、昆陽もまた頷き、

「そのこと、私も頭の片隅に入れておきましょう。と言うても、私になにができるわけでもないでしょうが。まずは長崎屋に赴き、阿蘭陀人使節の人柄と発言を、確かめてみるのはいかがでございましょう」

「さようでございますね」

伊茶が昆陽に向かって頷いた。

昆陽は伊茶の淹《い》れた茶を手に取り、美味そうに飲み干した。

「大変なお役目を仰せつかりましたね」

伊茶が、昆陽の顔をうかがって言った。

「それにしても、私は芋を育てて生涯を終えるとばかり思うておりましたが、こたび思いもよらぬお役目を仰せつかり申した。使節の腹の内まで探るなど、とても自信はござりませぬ。柳生様、今後ともよしなにおつきあいいただきまする」

青木昆陽が改めてそう言うと、

「こちらこそ、ご指導いただきたい。これまで異国のことなど考えたこともなかったので、難儀だが面白いお役目ではある」

俊平も、丁寧に頭を下げた。

「俊平さま。青木先生は、教え方がなんでもお上手《じょうず》。わからぬことはなんでもお訊ねになるのがよろしうございます。よく嚙《か》み砕《くだ》き、やさしく教えてくだされます」

「知っておる、伊茶。なんとも頼もしい助勢が現れたものだ」

「それにしても、伊茶殿のお屋敷での奥方としての姿、初めて拝見いたしました。小石川の薬園では見られぬ若妻ぶり、なんとも麗《うるわ》しい」

「私は、薬園で汗を流して芋の手入れをしているほうが、性に合っております。しかし、俊平さまに添うたからには、そうもいきません」

「いやいや。いずれの姿も、伊茶殿らしい」

昆陽が目を細めてうなずく。

「まあ――」

伊茶が面《おもて》を伏せた。

「されば、長崎屋には、いつ」

脇で話を聞いていた慎吾が、興味津々《しんしん》の表情で、俊平と昆陽を見くらべた。

「まずは、書状を託す。慎吾、長崎屋に向かい、私と青木殿が訪ねたい旨《むね》を伝え、都合のよい日取りを訊ねてきてくれ」

「されば、早速――」

慎吾が、さっそく立ち上がろうとすると、

「これ、まだ書状を書いておらぬ。明日でよい」

俊平に窘《たしな》められた慎吾は、顔を紅《あか》らめ、

「これは、慌てましてございます」

と後ろ頭を掻いた。

「とまれ、長崎屋にて阿蘭陀人と会うことになったぞ。なにやら、胸が高鳴ってきたの」

「私もでございます」

青木昆陽が、俊平を見返して笑った。

「私も付いて行きとうございます」

伊茶も目を輝かせて言う。

その夜、伊茶が手ずから用意した夕食を食べ、昆陽が柳生藩邸を後にしたのは、五つ（午後八時）を過ぎてのことであった。

第二章　カピタンの野望

一

柳生俊平が、青木昆陽と連れ立って、日本橋本石町《にほんばしほんこくちょう》の長崎屋に阿蘭陀人使節一行を訪ねたのは、その二日後のことであった。

宿は表通りの角地にあり、大きな幔幕がはためいている。

暖簾脇《のれんわき》に、

——阿蘭陀使節御宿舎。

と、大きな看板が出ている。

現れた宿の主人源右衛門は、愛想のよい男で、三間《げん》間合いの入り口に立ち、俊平と昆陽を顔をほころばせて迎えると、ささ、こちらへ、と二人を客間に通した。

店の者に手際よく指示を出し、茶と菓子を用意させる。

肌の色のちがう阿蘭陀人使節を心よく招き入れ、江戸の宿舎としてもてなすその手腕はなかなかのもので、宿のところどころが洋風に改築されている。

窓も、窓を飾る両端の布も洋風で、部屋の中央の食台も、阿蘭陀から取り寄せたものらしい。

下の客間さえ、ここが江戸かと目を疑う洋風ぶりであった。

家の者はみな、番頭から丁稚《でっち》小僧まで、のびのびと明るい。

「お忙しかろう。歓待、痛み入るな」

俊平は、源右衛門へ丁重に礼を言った。

「いえいえ、大切なお客様でございます。せいぜい、おもてなしさせていただきます」

と、こちらも丁重に言い、頭を下げる。

「剣術指南役の柳生俊平様と申さば、我が家でも評判のお方でございます。娘の文奈が、大奥のお局《つぼね》さま方のお館《やかた》から、面白い話をあれこれ聞いてまいりますゆえ」

源右衛門は、旧知の間柄のように俊平へ語りかける。

「なに、娘御はお局館にて、習い事をしておられるのか」

俊平が、驚いて源右衛門に問い返した。

「はい。柳生様は天下一の剣の達人でありながら、くだけたお方ともっぱらの噂。なんと、歌舞伎役者《かぶきやくしゃ》ともご親交がおありとか。どのようなお方かと、いつもみなで噂しておったのでございます」

源右衛門が、笑みを口元に含ませて言った。

「私のやっていることが、すべて知られてしまっておるようだな」

俊平はからからと笑い、

「ご自慢の娘御のようだな」

と、娘を称《たた》えた。

「お調子者にて、あれこれ習い事に興味を持つまではよいのですが、首をつっ込んでは、すぐに投げ出し、ものになりません」

そう言って源右衛門はこぼすが、顔はほころんでいる。よほど大切にしている娘なのだろう。

「青木先生のご評判も、よく耳に入っておりますよ。お近づきになれて、まことに光栄にございます」

主がそう言えば、その後ろの番頭、手代も揃って頷く。

「なあに、私など——」

昆陽は、にこにこと笑って源右衛門とみなを見返した。

「私どもは、もともと薬種問屋でございましてな。長らく人の命とかかわっておりました。食べる物とてない飢饉に遭遇《そうぐう》した百姓衆が、甘藷《かんしょ》で生き延びたと聞けば、称賛の念を抑えることができません」

「それなら、私も同じ思いだよ。甘藷は、痩せた土地でも大きく育つらしい。頼もしい芋だ」

俊平が、昆陽を見て頷いた。

「芋は、まこと偉大なる食物。まさに、み仏の与えたもうた食べ物と言えましょう」

昆陽が、しみじみとした口調で言う。

この間にも、店内では店の者が廊下を慌ただしく駆け巡っている。

二階にいる阿蘭陀人使節の注文をこなしているらしい。

「それにしても活況《かっきょう》ですな。異人をもてなし、薬の商売もつづけておられる。容易《たやす》くできるものではあるまい」

「阿蘭陀宿のほうは、この稼業に就《つ》いて百年経っております。これぐらいのこと、出来て当たりまえ。それに、肌の色は変わろうとも、同じ人間同士、話せばおよそのことは通じます。別段、難しいことなどございません」

「それは、そうでしょうが」

俊平が、笑って頷いた。

店には、続々と客がやってくる。そのなかに、商人らしい女の姿も見える。

黒の紋付を着け、数人の番頭を従えて立つ姿は堂々としており、押し出しもなかなかであった。聞くところによると、海商「肥前屋《ひぜんや》」の女将《おかみ》、黒揚羽《くろあげは》という。

その脇に立っているのは、高位の役人らしい。こちらは俊平らを避けて、視線を合わそうとしない。

「長崎奉行の窪田忠任様でございますよ」

源右衛門が、小声で告げた。

「長崎より、使節団一行とともに江戸にもどっておられます」

「ほう、長崎奉行が」

俊平は、いかにも世慣れた風体《ふうてい》のその男を、あらためてうかがった。

「それでは、さっそく阿蘭陀使節のご一行をご紹介いたします」

源右衛門はそう言って立ち上がると、俊平と昆陽を二階へ案内した。

二階の応接間では、三人の阿蘭陀人がくつろいでいるところであった。

「柳生様、あちらがカピタンのビッスヘル様、こちらが医師のラへー様、あちらが書記のワエイエン様です。みなさま、柳生の殿様です」

「おお、柳生の殿様デスか」

部屋の中央、大柄な白人が立ち上がり、床板を鳴らしてやってくると、俊平へ丁重にお辞儀した。

その後、ぐるりと俊平を一瞥《いちべつ》するなり、

「おお、初メテ侍らしいお方に会った気がスル」

と、ビッスヘルは嬉しそうに俊平の手を取った。

俊平は相好《そうごう》を崩し、三人の紅毛人の手を取って挨拶を交わした。

「私、医者のラへーです」

「私ハ、書記のワエイエン」

二人の阿蘭陀人が、口々に言う。

「それにしても、カピタンは妙なことを言われる。この国は侍が支配する国。どこに行っても侍で溢《あふ》れていよう。いったい、私のどこが珍しいのです」

「この国ハ刀差す人多いデスが、侍らしい男ほとんどいないデスね。あなたハ、私が初メテ出会った真の侍デス」

カピタンのビッスヘルが、たいそうな言葉で俊平を褒《ほ》めそやせば、二人の阿蘭陀人も大袈裟《おおげさ》に頷く。

俊平が、幕府剣術指南役と聞いているのであろう。

「これは、驚いた」

俊平が苦笑いして、隣の昆陽に顔を向けた。

「柳生サマの剣法、知りたいデス。柳生サマの剣法修めレバ、世界じゅうどこへ行っても、安心デス」

「はは、お望みとあらば、いつでもお教えいたそう。しかし海の覇者《はしゃ》であるそなたらが、我が国の剣法を学びたいと申されるか。私は、そのような大それた者ではないぞ」

カピタンのビッスヘルに笑いかけながら、俊平が遠慮がちに言う。

「イエ、ほんの手ホドキいただければ結構デス」

「そうか。されば、考えておこう」

俊平は、片言の日本語をしゃべるカピタンの腕をポンと叩いた。

「その前に、こちらの人物を紹介させてくだされ」

俊平が青木昆陽に顔を向けると、昆陽がゆっくりと一歩前に出た。

「私の通訳もしてくれる青木昆陽殿だ。植物学者で医師、そして飢饉の折、薩摩芋を諸国に広め、救ってくれた」

「サツマイモ――？」

ビッスヘルは、不思議そうに昆陽を見返した。

「荒れ地でもよく育つ芋だ。甘味もある」

「いいデスネ。どのような形をした芋デスカ」

興味を持った医師のラヘーが、昆陽に訊ねた。

「オランダは土地が低くて痩せているノデ、伺いたいデスね」

書記のワエイエンも頷いた。

「こういう形をした芋で、外は紫色、なかは黄色くなっており申す」

昆陽が筆を執り、絵を描いて説明すると、ラヘーとワエイエンが顔を見合わせた。

「それ、ズッテ・アーダポですネ」

医師のラヘーが、納得したように言った。

オランダ語では、ズッテ・アーダポというらしい。

「そうであった、そうであった。薩摩芋は、南蛮との商いで本邦へ入ってきたもの。ご存知であるはずじゃ」

昆陽が、俊平に笑みを向けた。

南米ペルーが原産といわれる薩摩芋は、コロンブスら大航海時代のスペインの冒険者たちが南米から持ち帰り、早くも十六世紀前半には、ポルトガル人によって東南アジアまでもたらされた。

その後の日本までの経路には諸説あるが、いずれにしても、南方もしくは中国を経由して、十六世紀前半に琉球、薩摩へ伝播《でんぱ》していったと考えられている。

「私たちオランダ人ハ、好奇心旺盛デス。お互い親しくシテ、日本のみなサンと交流したいデス」

カピタンのビッスヘルが、俊平の手を取り強く握った。

「私ども長崎屋も、その精神にて、ご奉仕しております」

長崎屋源右衛門が、俊平の隣でそう言い添えた。

長崎屋の者たちが、阿蘭陀人三人と、俊平、昆陽の酒膳を整えている。

「ところで柳生サマ、あなたの藩で新式の銃、お買いにナリマセンカ」

カピタンが、その酒膳に手をつけながら、俊平に語りかけた。

「それはならん。阿蘭陀との交易は、すべて幕府が管理している。諸藩が勝手に武器を買い入れることはできぬのだ」

俊平も席につき、きっぱりと言った。

「それは、残念デス」

カピタンは、残念そうにしながらも、酒を勧めてくる。

幕府には、内緒で買ってほしいらしい
「それに我が藩は、わずか一万石。そのような新式銃、買いたくても、買うだけの金もない。のう、昆陽殿」

俊平は、昆陽を見て笑った。

昆陽も、頷き笑っている。

「それより、カピタン殿」

「ハイ、なんでしょう」

「これは、あなた方にとって、とても大事なことだ。よく覚えておいてほしい」

俊平が、厳しい眼差しで言った。

「もし、幕府に黙って他藩に鉄砲を売ったら、日本と阿蘭陀国の交流は、終わりを告げることになってしまうぞ」

「酒の勢いで、余計なコト喋《しゃべ》りマシタ」

医師のラヘーが、カピタンを庇《かば》うように言った。

「私タチハ、オランダと日本の交易を通じて、親睦《しんぼく》深めて、一緒に繁栄したいデス。願いハ、それだけデス」

カピタンは、力を籠《こ》めて言った。

「そのとおりデス」

書記のワエイエンも、横で大きく頷いている。

カピタンは顔を曇らせ、大きな白い布を取り出し、額の汗を拭った。

「デハあらためて、お近づきの印デお酒飲みまショウ。私タチの酒、いかがデスカ」

医師のラヘーが、誘いかける。

「おお、それはよいな。阿蘭陀の酒は、先日〈蓬莱屋〉でも芸者たちから分けてもらった。まことに美味であった。ご一行が、土産に持参されたのであったな」

「そうデス。梅次サン、染太郎サン、豆奴サンに渡しマシタ。柳生サマも、あの人タチの友達デスカ」

「そのとおりだ。長いつきあいだ」

「そうデシタカ」

カピタンが、意外そうに驚いてみせた。

「柳生サマ、私ハ日本の芸者が、世界でいちばん美しいと思うんデス」

カピタンが、真剣なまなざしで言った。

「ほう、それはなぜです」

「たとえ小さなことデモ、いつも全力デス。その姿ガ美しい。とても日本人的デス。特にあの三人の芸者サンの芸ハ、日本的で美しカッタ」

「なるほど。その言葉、三人に伝えておきましょう。しかし、阿蘭陀の人々もそうではないのですか」

「たしかに、一生懸命仕事に打ち込む人もイマスガ、いい加減な人も多いデスヨ」

「はは。日本にも、いい加減な人は沢山《たくさん》いますよ」

青木昆陽が、笑って言った。

店の男たちが、阿蘭陀の酒を用意してくる。

「こちらに、ご用意いたしました」

源右衛門に促され見てみると、酒膳の脇に、琥珀色《こはくいろ》の阿蘭陀の酒が置かれている。

手代が、専用の酒杯を酒膳の上に配っていく。

「これは美味い」

真っ先に口をつけた昆陽が唸った。

乾杯の後、みな打ち解けてまた話しはじめた。

「剣術もよいが、阿蘭陀には日本の刀があるわけではなかろう。むしろ剣の作法より、体術をお教えしたほうが有益ではないかな」

俊平が思いついて言えば、

「体術？」

カピタンが、怪訝《けげん》な顔をした。

「素手《すで》で闘う術だ。人を、軽々と投げ飛ばすこともできる」

「おお」

三人が目を輝かせた。

日本の体術は、見たことがないらしい。

「されば、お見せしよう。お手をお貸しいただけようか」

俊平が、カピタンに誘いかければ、

「私がデスカ……」

カピタンは、少し警戒しながら立ち上がった。

「大して痛くはござらぬ。こちらに」

俊平とカピタンが、長崎屋の案内で階下に降りる。

二十畳ほどの広さの、畳敷きの大広間がある。

両者三間《げん》の間合いをあけて睨《にら》み合った。

相手は大柄である。上背は、六尺（約一八〇センチ）を優に超している。俊平とは一尺近くもちがう。

「されば、殴りかかってこられよ」

「よいのデスカ」

俊平が頷くと、カピタンは拳骨《げんこつ》を二つ握りしめる。

「大丈夫。私は殴りませんから」

俊平が穏やかに言った。

「デハ、いきますよ」

カピタンが拳を丸めて、殴りかかってきた。

みなが固唾《かたず》を呑んだ。

俊平はうちかかるカピタンの腕を左腕で抑え、その腕を取って脚をかけ、ひらりと投げとばした。

カピタンは大きな音を立てて床に投げ出されたが、あまりに見事な投げ技で、痛さも覚えず大の字になっている。

「はは。あなたには今、なにが起こったかわからぬでしょう」

「わからナイ。でも、痛くはナイデス」

カピタンは起き上がり、声を立てて笑った。

「カピタン様。お侍様の武術にそれほどご興味がおありなら、これからも柳生様にいろいろ教えていただいては、いかがでしょう」

源右衛門が、とりなすようにカピタンに誘いかけた。

「私がお教えしてもよいが、剣を使わぬ体術なれば、私の友人で、私より遥《はる》かに強い男がおる。その者をお付けしよう」

「そのようなお方が、おられマスカ」

カピタンが、目を輝かせた。

「私と同じように大名家の藩主の弟だが、変わり者でな。諸国を巡って、武術の修行に明け暮れていた。大樫段兵衛《おおがしだんべえ》と申す。それこそ真の侍で、気風《きっぷ》の良い奴よ。生まれは九州《きゅうしゅう》で、長崎も知っておるはずだ」

「ところで、煎餅《せんべい》でもいかがでございましょう」

長崎屋源右衛門が、菓子皿に載った固焼き煎餅をみなに勧めた。

使節団一行は、このようなものも食べるらしい。

「きっと段兵衛なら、あなた方に付いていきますよ。あの者、女房から逃げたがっている」

「奥サマと仲が悪いのデスカ」

阿蘭陀人三人が、顔を見合わせて笑った。

「気ままな旅が好きなようだ。それにあ奴がおれば、旅の慰《なぐさ》みにもなろう」

「そんなに面白い人なのデスカ」

医師のラへーが訊ねた。

みなが、次第に期待を膨《ふく》らませはじめている。

「若い頃から剣の修行に明け暮れ、諸国を廻っていたせいか、堅苦しいところは微塵《みじん》もない奴でな。九州までつきあわせずとも、尾張名古屋《おわりなごや》か京辺りで折り返して帰って来てもらえば良さそうじゃ」

「そこまでしていただければ、十分デスヨ。ぜひお願いシマス」

カピタンが、身を乗り出し、目を輝かせた。

「日本の侍の武術を身につけレバ、世界じゅうどこに行ってモ、危ない目ニハ合わないデスヨ」

「それは、どうかな。強い奴には、必ず挑戦者が多いものだ」

「それナラ、柳生サマのようニ強くはならないように見せマス」

カピタンが、そう言って笑った。

それから俊平らは、一刻（二時間）あまり酒の話、女の話で打ち解け、長崎屋を離れたのは、その日も夕刻近くになってのことであった。

二

「驚いたぞ。長崎屋の姫御が、お局様のところに稽古事を習いに来ていたとはの」

「はい。あそこはのべ百人ほどのお弟子さんが習い事に通《かよ》ってきていらっしゃいます」

伊茶がお局館の盛況ぶりを当然のことのように伝えた。

「どのような娘だ」

「私も長崎屋の娘が通ってきているとは、ついぞ知りませんでしたぞ」

俊平が訊ね、柳生藩用人の梶本惣右衛門《かじもとそうえもん》も驚く。

「はい、あのお方は、文殊菩薩《もんじゅぼさつ》のようなお方でございます」

「文殊菩薩か。ちと、大袈裟ではないか」

俊平は笑って惣右衛門と顔を見合わせた。

「とても聡明なお方で、なんでも巧みにこなされます」

「なにを習っておるのだ」

「琴でございます。吉野《よしの》さまのお弟子さんでございます」

吉野は、大奥出のお局方の中では、いちばんの美形で性格もはっきりしており、弟子も多い。

「吉野が琴を教えているとは、知らなんだぞ」

「めったに習う方はおりませんので。これは隠し芸、などと笑っておられました」

「はは、隠し芸でございますか――」

惣右衛門も相好《そうごう》を崩した。

「それで、文奈どのがお局さま方に阿蘭陀菓子を、土産に持参していたというわけか」

「はい。私も初めてあれを食べた時には、目の玉が飛び出すほど驚きました」

伊茶が珍しく大袈裟な身振りで言った。

「それほど美味いものであったか」

「はい。それはもう。口の奢《おご》ったお局さま方もみな絶句し、ただ口をもごつかせて食べておられました」

「はは、目に浮かぶようだ。あのお上品なお局さま方が貪《むさぼ》り食うとは、なんとも愉快じゃな」

「ただ、問題がひとつございまして。材料を知り、みなさま、一時は大変困惑なされておられました」

「なぜじゃ」

「材料に、牛の乳を使っておるからでございます」

「牛の乳か」

俊平も一瞬言葉を失い、惣右衛門を見返した。

伊茶も苦いものを呑み込むような顔をしている。

俊平の時代、牛乳は禁忌の飲み物とされ、口にする者はいなかった。

殺生を禁じる仏教の教えから、肉食はむろん避けられていたが、牛の乳を飲むことも同様に禁忌とされていたのであった。

「でも、平安の昔の書物『医心方《いしんかた》』には、牛乳は全身の肌をなめらかにし、お通じがよくなり、体も元気になると記されており、おおいに飲まれたと申します」

伊茶が、博識ぶりを披露した。

「それは、どこかで聴いた覚えがある。別に牛を殺生するわけではない。乳をいただくだけのこと、目くじらを立てるほどのものではない」

　俊平が笑って頷くと、伊茶も笑顔を向ける。

「そのようなわけで、みなさま初めのうちは牛の乳に尻込みしておりましたが、文奈さまが、ほんとうに美味しいものですから、と説得され、私が初めに食べてみて、美味しいものですから、みなさまも恐る恐る口にしたところ……」

「そうか。そなたもそうじゃが、お局様方も勇気のある方々じゃな。男でも尻込みする者が多かろう」

「はい。一枚手に取って食べはじめてからは、もうこれは美味しいと、みなほとんど無言。まことに面白い体験でございました」

「まったくよ。その場に居合わせたかったものだな」

　俊平はしみじみとした口調で言った。

「はい。俊平さまにはぜひお見せいたしたかったほどでございます」

「さて、されば当家じゃ。お局さま方にくらべ、我が藩士は田舎者で頭が固いゆえ、ものの見方にこだわりがあろう。ぜひ食べさせて反応を見たいものじゃ」

「はい。惣右衛門さまは、どうでございます」

「私は、そのような偏見は持たぬようにしております。命あるものを食うてはならぬというのであれば、魚も同様、野菜も同様、それでは生きてはいけませぬ」

「それは、もっともじゃ」

俊平が膝をたたいて、納得した。

「牛など、大きな動物を忌むというのは、人間に近いからでございましょうが、乳を飲むのは、別段、命を奪うわけではござりませぬ」

「よくぞ申した、惣右衛門。そも、美味しいものなら、まずはそれが第一優先じゃ。こだわらぬ、こだわらぬ」

「もっともでございます」

惣右衛門も頷く。

「されば、みなにもぜひ食べさせてくれ」

伊茶が風呂敷の包みを開けて、笹の葉にくるんだ阿蘭陀菓子を取り出した。ほのかに甘い香りが俊平の鼻をつつく。

「して、伊茶。これは、いったいなんという菓子なのだ」

俊平が先日、蓬莱屋で初めて食したものに似た、風変わりな菓子に目を見張ると、その大袈裟な反応に、伊茶がふっと笑いだした。

「オリーボーレンとか申しましたが、なんだか舌を嚙むような名前なので、さだかではありません」

「〈蓬莱屋〉で食べた菓子に似ていなくもないが、形はずいぶんとちがうな」

油で揚げた球状の菓子で、粉砂糖が上からまぶしてある。

いわゆる、現代で言うドーナツの原型となった菓子である。阿蘭陀では、十七世紀までには、すでに人気の菓子になっていた。

「この阿蘭陀菓子は、長崎屋の文奈さまに教えていただいたものでございます」

「阿蘭陀菓子は幾つか食べたが、これは今まで食べたもののなかで、いちばん美味いかもしれぬの」

「そうでございましょう。作った甲斐《かい》がございました。なにしろ、すべて勝手がちがうので苦労しました。ほんとうにこれでいいのか、今もって自信がありませんが……」

伊茶は、しきりに謙遜《けんそん》するものの、自信作のようである。

「これなら、〈蓬莱屋〉の芸者らが長崎屋から土産に持ち帰った阿蘭陀菓子を、上回る味だ」

「まあ。俊平さまは、お上手でございます」

伊茶は、俊平の褒め言葉がよほど嬉しかったのか、うっすら涙さえ浮かべている。

「それにしても、このような阿蘭陀菓子が江戸の藩邸で食べられるとは、なんとも嬉しいかぎりだ」

俊平も相好をくずして、二つ目を手に取った。

「俊平さまにも、藩のみなさまにも、喜んでいただければ、なによりでございます」

伊茶がまた指で目頭を拭えば、惣右衛門も慎吾も、顔を見合わせ笑みを浮かべる。

「慎吾もひとつ食べてみぬか」

慎吾に菓子を勧めてやると、慎吾はひとつ口に放り込んで、ほとんど言葉もない。

「なんでしょうか、この味は……」

「なんでしょうか、はないであろうが」

俊平は、笑って慎吾を諭《さと》した。

「い、いえ、なんとも美味なものでございますが、口のなかで、とろけるような味でございます」

「じつはこの菓子、さきほど申したように、牛の乳でこねて作るのですよ」

伊茶が言うと慎吾は、

「牛の乳とは、所変われば、食するものもずいぶんちがうのですね」

「材料は、文奈どのに分けていただいたのですよ」

「そうですか。長崎屋は、よくそのようなものが手に入りますね」

「どのような手立てがあるのでしょうか。不思議なものでございます」

そう言われて、伊茶も不思議がる。

「惣右衛門も食べてみよ」

俊平が、古参の用人梶本惣右衛門に菓子を勧めた。

「されば、ひとつ――」

遠慮がちに、惣右衛門が口に運ぶ。

「これは、まことに美味うございます。これなら、いくらでも食べられまするな。やみつきになりまする」

「まあ。苦労して作った甲斐がございます」

伊茶が、また涙ぐんだ。

「それにしても、伊茶。そなたは、それほど長崎屋の娘御と親しかったかの」

「お局さまの館では、これまで幾度もご一緒しております。そういえば文奈どのは、俊平さまのことをよくご存知ですよ」

「ああ、聞いている。お局たちが噂しておるようだな」

俊平が、源右衛門から聞いた話を思い出して言った。

「文奈どのは、いたく興味を持っていらっしゃいます」

「それは光栄だな。いまだ若い娘御に、関心を寄せてもらえるとは」

「まあ」

伊茶は少し険《けわ》しい表情になって、俊平を睨んだ。


廊下に、どかどかと大きな足音があった。

いきなり姿を現したのは、髭面の大男、一万石同盟の一人立花貫長の弟、大樫段兵衛である。

剣の修行を重ね半年余り、諸国を巡っていたが、柳生新陰《しんかげりゅう》流の柔術を修めていたことから、今は新陰流の剣術にも目覚め、藩邸内の道場での稽古に余念がない。

その段兵衛を、阿蘭陀人使節の武芸指南役に紹介したのは、俊平である。

「まったく、とんでもない奴らだ」

大樫段兵衛が、呆れ返ったような顔で頭を掻き、どしりと俊平の前に座った。

このところ段兵衛は、長崎屋に出向き、阿蘭陀使節に稽古をつけている。

はじめのうちは、

――そのような技を学んで、いったいなんになる。

と、阿蘭陀人は柔術の鍛錬に消極的なようすであったが、次第に目を輝かせ、稽古に励むようになったという。

ただ、それでも真剣さはまだまだで、今度は段兵衛がうんざりと嘆きはじめたのであった。

「どのように、とんでもない」

「体が痛くないように、柔らかく投げてやっているのをいいことに、まるで大した技ではないように思うておるようだ。見事に投げられるので、笑い転げるばかりで、魔法のようだと言って喜んでおる」

「愉快な男たちだな。あの男たちなら、そのようなことも言いかねぬ」

俊平がそう応じると、段兵衛は、苦笑いして頬を撫《な》でてから、

「相変わらずいい調子だな。だが、あの者らも、そろそろ江戸を離れる時が近づいているのではないか」

と真顔になった。

「そうだろうな」

俊平も、指折り数えて頷いた。阿蘭陀使節の一行の江戸を離れる日が、迫っている。

「頼んだぞ」

「わかっておる」

段兵衛は、みなまで言うなと唇を引き締め、

「いましばらく、あの連中とつきあっていくことになるのか」

と、複雑な思いを嚙みしめるように言った。

「まあこれも、腐れ縁と言えような。段兵衛とは、どこか性が合っているようだぞ」

段兵衛のために茶と菓子を運んできた伊茶に俊平が笑いかけると、伊茶もくすりと笑った。

「面白い方々のようでございます」

「最近も、あい変わらず妙なことを言っているのか」

俊平が訊ねた。

「ああ。今日も伏見《ふしみ》の下《くだ》り酒を飲んで、これほど美味い酒は、世界じゅう探してもあるまいと言っていた」

「それほどでもなかろうに。それにしても奴らは、よほどの酒豪なのであろうかの」

俊平が首を傾げた。

「いえ、それは、ただの社交辞令でございましょう」

伊茶がまた笑う。

「今日も、土産に長命寺《ちょうめいじ》の桜餅《さくらもち》を持って行ってやると、ひどく気に入ってくれた」

「そうか、桜餅をの――」

「これはもう、世界広しといえど、これほど美味い菓子には、出会うたことがないなどと申す」

「まあ、あの桜餅が」

伊茶は、くすくすと笑いだした。

「あの連中とこれ以上一緒におれば、頭がおかしくなりそうだ」

「阿蘭陀流の社交辞令なのかもしれぬな。いずれにせよ段兵衛、まことに頼んだぞ。そなたにしか頼めぬことなのだ」

「わかっておる」

「使節の一行と親しくなったのはよい」

「それはな。毎日顔を合わせているのだ。嫌でも親しくなる」

段兵衛は、憮然とした表情で顎を撫でた。

「通詞がいる時には、ずいぶんと話した」

「どんな話をする」

「とりとめもない話よ」

俊平は、段兵衛に歩み寄って腰を下した。

「旅の話をした。通詞もまじえて盛り上がった」

「それは、面白そうにございます」

伊茶もやってきて、段兵衛の隣に座った。

「長崎から江戸まで長い旅だ」

「それは、陸路か」

「陸路も海路もある。長崎から門司《もじ》までは陸路だ。阿蘭陀人はこれを短陸路と呼ぶ」

「短陸路か。妙な呼び名だ」

「門司から、兵庫《ひょうご》までは船に乗るという」

「それは、なんと呼ぶ」

「ただの水路だ」

段兵衛は、不愛想に言った。

「それから、江戸までは」

「こちらは大陸路だ」

「そうか。とにかく長旅だな」

「随行の日本人も多い」

「長崎奉行所からの検使《けんし》をはじめ、通詞、宰領《さいりよう》など、これに警護の者等を加えると三百人にもなるという」

「どれくらいいる」

「それは、大したものよな」

「朝鮮通信使《ちようせんつうしんし》や琉球使節などと比べても、幕府がいかに阿蘭陀使節を重く見ているかわかる」

「そのとおりだ。桁違《けたちが》いだの」

段兵衛が吐息とともに言った。

「三百人が大挙して動くのだ。もはや大名行列だな」

俊平があらためて感心した。

「各宿場ではまったくそのとおりで、街道の宿も本陣をつかう」

「ほう」

「だが、全旅程のうち、いくつかには阿蘭陀人の宿舎が用意されているという」

「それは、どこのことだ」

「通詞に教えてもらったが、小倉《こくら》、門司、大坂、京、それに江戸の五ヵ所だ」

「京は海老屋《えびや》、大坂も江戸と同名の長崎屋。門司は、佐甲屋《さこうや》と伊藤屋《いとうや》。小倉は大坂屋だ。大坂の長崎屋は、銅座《どうざ》と本陣を兼ねており、そこでわが国の主な産物である銅を造る泉屋《いずみや》の銅吹所《どうふきしょ》を見物するという」

「ほう、銅をの」

「門司の二つの宿舎は、蘭癖《らんぺき》なので阿蘭陀ふうの趣向で歓迎するという」

「各地で、大したもてなしを受けるのであろうの」

「そうらしい。京の宿は女がよいと言うておった」

「女か。女まで用意してもらっているのか」

「居留地の長崎ではともかく、旅先ではそのようなことはあるまい。飯盛《めしもり》女《おんな》のようにはいかぬわ」

「それは、そうかもしれぬな」

「旅程は九州で五日、それから船で七日ほどで兵庫に到達するという。そこからまた陸路で江戸まで十日ほど。一月《ひとつき》近い旅となる」

「ようやるの。まして大勢の監視のもと。しかも異国の旅だ」

「屈強な奴らよ。ひ弱な者なれば、病《やまい》に罹《かか》るところだ」

「面白いの。そこまであの者らの旅の実情に触れることができたのも、そなたの人柄ゆえだ。まことにありがたい」

「なに、わしはぽかんとしておるゆえ、向こうも油断するのであろう。たしかに本音で話してくれる」

「江戸に着いたら大任つづきだ。城中での将軍謁見《えつけん》の儀式も難儀であろう」

「難儀とは？」

「贈り物の交換が大変らしい」

「将軍家への贈り物は献上物といい、幕府高官への贈り物は、進物《しんもつ》と言うそうだな」

俊平が耳にした知識を披露した。

「進物は、老中、若年寄、側用人《そばようにん》、各奉行などに贈られ、旅の途中、京都所司代《きようとしよしだい》や大坂城代、さらには大坂の町奉行にまで贈られるという。それ以外にも警護の検使や通詞にもだ」

「それは、なんとも大変だな」

「数多くの進物を用意して、残ったものを売却して帰りの旅費に当てるとも言っていた」

「売れるのか――」

「残った進物は五割増しで阿蘭陀宿に買い取らせ、宿側は出入りの商人に三倍の値で売りさばくという」

「これは驚いた。なんとも妙な仕組みができあがっているのだな」

「なんせ、百年以上もつづいておるでな。だが、そうした面倒を別にすれば、日本の旅は、退屈はせぬという」

「ほう、なぜだ」

「とにかく、見るもの聞くもの、すべて珍しいのだ」

「そうでございましょう。私たちでも、旅をすれば珍しいものばかりでございます。まして大海原の彼方の島国に来たのです。珍しくてあたりまえ」

「伊茶の申すとおりじゃ。食べるもの、着るもの、住む家や神社仏閣など、すべてがちがっている」

「そういえば、あの者ら、この日本でしか見ることのできぬ植物を集めておった」

「ほう、植物をの」

「草花を絵に描き、写してみたり、しおりにしてみたり」

「なかなか勉強だのう」

「ふざけたまねばかりをするようでいて、奴らはあれでいっぱしの学者なのだ。阿蘭陀を代表する才人たちかもしれぬぞ」

段兵衛が、笑って言った。

「なれば、我らはばかにされておるのかもしれぬの」

俊平が、苦笑いを浮かべた。

「他に、なにか面白い話はなかったか」

俊平は、たたみかけるように訊ねた。

「そうだな。あれこれ話をしたので、すぐには思い出せぬが、阿蘭陀国のことも訊いた。なかなかに面白かった」

「ほう、どのような国だと言う」

「小さな国だと言った」

段兵衛があっさりと言い切った。

「なんだ、小さな国なのか」

「ああ。他国がいつも戦争をしかけてきて、かなわぬと言うておった。島国の日本とちがい、陸つづきの国が多いからの」

「我が国の天下泰平とは、ちがうようだの」

俊平が、唸るように言った。

「泰平の世がよい。とカピタンも申しておった」

「そうであろうな」

「我が国は恵まれておりますな」

伊茶が、しみじみとした口調で言った。

「だが、これは阿蘭陀人も本心と思えるが、いつまでも国を閉ざしていると、わが国は他国に遅れをとると洩らしておった」

「よくぞ言ってくれたが、交易の禁令は長年のこと、すぐには上様も撤廃《てっぱい》なさるまいよ」

あきらめた口調で俊平が言う。

「それでどうだ、たがいに気心が知れてきたのだ。旅の同行をしてやる気になったか」

「致し方ない。これは、国の大事にかかわることだ」

段兵衛がふっ切れたように言った。

「とまれ、阿蘭陀人にとっては、外出によって見聞することができない代わりに、おれのような客と語り合ったり、土産物に触れたりするのは、けっこうな愉しみになっているようだ」

「それはよいな。客の出入は多そうか」

「それは多い。連日、大勢の者が訪ねてくる。青木昆陽は連日のように来ておる」

「おぬしもその一人というわけだな。とまれ、あ奴らから目を離さんでくれ。なにをするかわからぬ連中だ」

「わかっておるわ」

段兵衛が、胸板をたたいて言った。

「あの者らが持っておる新式銃千挺、もし長崎への帰路でいずこかの大藩に売りさばかれてしまえば、きわめて厄介《やっかい》なことになる」

「だが、わずか千挺の銃で、それだけ大変なことになるのか」

段兵衛が怪訝そうに俊平をうかがう。

「なる。火蓋を閉じたまま射撃できるというのは、手間が省ける分、速射に向くだけでなく、天候にも左右されにくくなる。この銃を手に入れれば、戦では大変な優位に立てるだろう。信長公《のぶながこう》のような戦《いくさ》上手《じょうず》の手にかかれば、幕府は劣勢に立たされる」

俊平は、城中で吉宗から聞いた話を、そのまま段兵衛に伝えた。

「段兵衛さま、どうかこの国を救うお気持ちでお頼み申します」

「伊茶どのに、そのように言われては断れぬな。任せておけ。ついでに、柳生の里に出向いて、道場の者らと旧交を温めてくる」

「それは頼もしい。よろしく頼むぞ」

俊平が、嬉しそうに段兵衛の腕を取った。

「まこと、これも天下泰平のためだ」

「いやはや、大袈裟な話よ」

段兵衛はそう言って苦笑いすると、小皿に残った阿蘭陀菓子を、またひとつまみした。

三

何日経ったであろうか、ぶらり日本橋堺町《さかいちょう》の芝居小屋、中村座《なかむらざ》を訪ねた柳生俊平は、半刻（一時間）ほど前に芝居を終え、のんびりくつろぐ役者たちでごったがえす楽屋裏をくぐり抜け、大階段を三階に上がって大御所団十郎《おおごしょだんじゅうろう》の部屋に向かった。

部屋は、いつものように紫煙《しえん》と人いきれで噎《む》せかえるばかりで、化粧を落とした二代目市川《いちかわ》団十郎をはじめ、一座の者たちが思い思いにくつろいで、談笑に耽《ふけ》っている。

このところ、ぼちぼち売れはじめた女形の玉十郎《たまじゅうろう》を、今日は大勢の若手が囲んでいる。

玉十郎の話がめずらしく、みなの関心を引きつけている。

「私も聞かせてくれ」

俊平は、手を上げてその輪のなかに入っていった。

（あ、これは柳生先生――）

みなが、俊平を見上げて声をかけた。

「玉十郎、話をつづけてくれ」

俊平は、玉十郎をうながした。

話を聞けば、玉十郎は、酔狂にも本石町の長崎屋を覗いて来たのだという。

「いえね。本石町の長崎屋の近くを通りかかりましたところ、とにかく人だかりが凄《すご》いんで。なにをやっているんだろうと、人を掻き分け、人混みの前に出てみると、寄ってたかって、みなが窓から長崎屋のなかを覗いているじゃありませんか」

「ほう」

俊平は、面白そうに玉十郎の脇にどかりと座り込んだ。

「で、なにが見えたのだ」

「へい。赤ら貌《がお》の紅毛人三人が、こっちを向いて笑っていやがるじゃありませんか。こっちも面白がって、赤ん坊をあやすように、いないいないばあをしてやったら、奴ら、ケタケタと笑いやがった」

「あはは、そんなことをしたのか。だがあの者らに、よく怒られなかったたものだな」

「まあ、よくできた連中かもしれませんが、こっちは、ばかにされたようで」

「そのようなことを、するからだ」

俊平が、玉十郎を諭すように言う。

「だが、大勢に覗かれては、さぞやうっとうしかろう」

「そういや、そうでございますね。案外よく出来た連中かもしれませんや」

団十郎の付き人、達吉《たつきち》も、同意し頷いた。

「まったくだな。普通なら、うるせえって怒りだすところだ」

話に入ってきた団十郎が、そう言って笑った。

「でも、それだけそつがない連中となると、なにを考えているやら気味悪うございます」

達吉が言う。

「いえね、柳生先生。この話、ご贔屓から聞いたんですがね――」

俊平のもとへ寄ってきた団十郎が、そう前置きして阿蘭陀人の話を続けた。

「連中、長命寺の桜餅が、えらく気に入ったそうなんでさあ。このようなものは、世界広しといえど、どこにも見当たらねえなんて言っているそうで」

「ああ、その話は先日段兵衛からも聞いたが、たぶん冗談だろう」

「そうですよ、あんなものが世界一の菓子だなんて、信じられませんや。たしかに、塩加減、餡《あん》の甘さ、桜の葉の香りと、それぞれが絶妙の塩梅ですがね」

達吉が、脇から言葉を添える。

百蔵《ひゃくぞう》が、俊平のために大きなやかんで入れた茶を、よい湯加減で淹れてくれる。

「お、いい塩梅だな、百蔵」

俊平が百蔵を見返し礼を言った。

「私は、阿蘭陀の菓子を食うたぞ。阿蘭陀の者たちが、あのような美味なるものを食うておるとは、信じられぬ思いだ」

俊平が言えば、

「そうですか。でもね、あっしはこの江戸が一番ですよ」

達吉が、日本贔屓なところを見せる。

「町じゅうに上水を張り巡らせたこんな立派な町は、世界広しといえど、どこにもないと聞きますぜ」

「おまえ、もの知りだな。その話、どこで聞いた」

団十郎が、茶化したような口調で達吉に訊ねた。

「湯屋の者は、どこから聞いたのであろうな。世界を訪ねたとも思えねえ。阿蘭陀人からでも聞いたのかい」

団十郎の言葉に、若手の役者たちが爆笑した。

「それにしても、柳生先生。話を聞けば、そつがない連中ですねえ。なにを考えているのやら、わからねえところがある」

団十郎が、真顔になって言った。

「そこなのだ、大御所。じつはな、カピタンは阿蘭陀国でも最新式という銃を一千挺買わぬかと幕府にもちかけてきた」

「へえ、新式銃」

「フリントロック式銃という。引き金を引くと、燧石が火蓋にぶつかって、火花を散らす。それで着火するから、いちいち火縄に点火する火縄銃より、圧倒的に速く射撃できるというわけだ」

「はあ。あっしは戦のことはよく存じませんが、その一団が先陣を切って押し寄せてくりゃ、簡単には防ぎきれねえんじゃありませんかい」

達吉が言った。

「湯屋で――」

「じつはな、そのことを上様も案じられた」

　俊平が言って、腕を組んだ。

「幕府は買わないんで？」

　団十郎が、俊平に訊ねた。

「泰平の世に、新式銃でもあるまいと仰ってな。しかし本音を言えば、幕府の懐にはそれだけの銃を買う余力がないらしい」

　俊平はそう言って、これは内緒だぞと指を唇に当てた。

「それは困りましたな。その銃が他藩に渡れば、幕府もひっくり返されるかもしれませんね」

　団十郎が、少し面白そうに言った。

「だがな、もし戦となれば江戸が戦火に巻き込まれてしまう。もっとも、一千挺の新式銃に、おいそれと金を出せる藩がどれだけあるか、わからぬがな」

「一千挺全部買わなくても、幾つか買えば、後で造ることもできるかもしれませんね」

「そうなのだ」

　俊平がそう言って頷けば、みな、ひどく真顔になっている。

「柳生先生は、気にかけておられる藩がございますか」

団十郎が訊いた。

「さてな。そこまで大胆《だいたん》なことをすれば、幕府とあからさまな対立となろう」

「そうでございますね。もし見つかれば、抜け荷の罪も背負うことになります……」

団十郎はちょっと口籠もってから、

「たしかにいちどは鷹場《たかば》で上様を襲った藩がございましたね」

「尾張藩か」

「はい」

団十郎が、声を落として俊平を見据えながら言った。

団十郎は、芝居好きで、たびたび芝居茶屋まで訪ねてくれる、尾張藩主徳川宗春《むねはる》の贔屓である。日頃から、吉宗と宗春の対立を面白がっているふしがある。

「もし銃が尾張の手に渡れば、私にとっては、辛いところだ。私は、もともと尾張柳生の剣を修めたのだ。名古屋の道場には、足繁《あししげ》く通った。尾張名古屋は、第二の故郷なのだよ」

「さようでございましょう。柳生様は、芝居茶屋〈泉屋《いずみや》〉では、いつも尾張藩の方々に暖かく迎えられておられます」

「尾張の近況は、このところ聞いていなかった。奥《おく》先生にでも、藩の近況を伺っておいたほうが良さそうだな」

俊平がまた口に茶を含ませた後、ぼそりと言った。

四

江戸城の北西、市《いち》ヶ谷《や》にある尾張藩上屋敷は、一時門前に市が立ち、夜まで煌々《こうこう》と灯りがともっていたが、今はかつての面影はなく、夜の闇に静まり返っていた。

柳生俊平は、古参の用人の惣右衛門を伴い、正面口から柳生新陰流の剣の師範奥伝《でん》兵衛《べえ》を訪ねた。

門衛は柳生俊平の名を聞くと、これは、と俄《にわ》かにあらたまり、足早に邸内に消えた。

一万石とはいえ、大名に列する人物がいきなり供一人を連れ、屋敷を訪ねてくるのはやはり異例である。やがてもどってきた門衛は、

「奥伝兵衛殿は、道場におります。ご案内申し上げるよう命ぜられております」

と言ったが、俊平が、

「なんの、ぶらりとまいったまで。道場は知っている。案内無用」

と言い捨て、すたすたと邸内に入っていった。

御三家筆頭の尾張藩の敷地は広大で、その建造物の居並ぶさまは、江戸の御城に潜り込んだような錯覚さえ抱かせる。

連れの惣右衛門も、緊張した面持ちで、聳え立つ甍《いらか》の棟を見まわしている。

「わが柳生藩の一万石とは、大ちがいだな」

藩の道場は御殿中奥《なかおく》、内庭に面した一角にあって、多くの門弟が出入りしている。

俊平を知る者もいて、こちらを鋭く見返す者もあった。

その眼が恐ろしいほど冷たい。みな尾張柳生の門弟たちである。

「あの折のことを、みな憶えておるのだろうな」

俊平が、門弟らを見返して惣右衛門に言った。

俊平はかつて、吉宗を鷹場で狙撃した空蟬丸《うつせみまる》をかばう若手藩士たちの尾張白虎党《びゃっことう》と死闘を繰り広げ、幼き日の剣友栗山慎ノ介《くりやましんのすけ》を、涙ながらに討ち取ったことがあった。

「そのようでございますな。激しい憎しみが、ひしひしと伝わってまいります」

惣右衛門が、門弟らを振り返りつつ言う。

「これは、用心せねばなるまい」

俊平がそう言って道場入り口に立つと、正面神棚の下で目を閉じ座していた奥伝兵衛が、俊平の到来に気づき、にこりと笑って歩いてきた。

「これは、これは、柳生俊平殿。このようなところに足をお運びいただき、申し訳ござらぬ。お声をおかけいただければ、いずこにもまいりますものを」

奥伝兵衛が、俊平に深く一礼した。師の笑顔がまぶしい。

しばらく会わぬうちに、伝兵衛が一回り小さく見えるのは、歳のせいなのか。白髪が増え、いちだんと老師らしい風貌になっている。

「いえいえ。先生をお呼び立てするなど、もってのほか。私の剣はもともと尾張柳生です。ここは、我が故郷のような場」

「そう言っていただければ嬉しいが——」

奥伝兵衛は、そう言ってから窺うように俊平を見た。

何故、いきなり道場を訪れたか、計りかねているようすであった。

「市川団十郎殿が、近頃の宗春さまは、ちとお元気がないと言うておられた。お身体の調子はいかがかと思い、ふと訪ねてみました」

「殿はお歳を召されたが、ご健勝であられるよ。ことさら元気がない、と言われることもないとは思うが」

奥伝兵衛はそう言って、わずかに顔を曇らせた。

「まったく礼儀を知らぬ奴らだ。柳生家のご師範がまいられたというのに」

伝兵衛は、門弟らの背を苦い顔で見送ってから、

「しかし、ほんとうに久しぶりの再会でございます。とまれ、ゆるりとやりましょう」

伝兵衛は、そう言って嬉しそうに、手元にあった大徳利《おおどつくり》を引き寄せた。

「このようなところに柳生様をお連れするは、まこと苦しうございますが」

そう言いながら、とくとくと大徳利を傾ける。

「なにを言われる。道場とは、何処もこのようなもの」

「なにもないが、良い酒が手に入りましてな。これは、伏見の下り酒です」

「それは、かたじけのうござる」

俊平も、顔をほころばす。

「さしたる肴《さかな》とてござらぬ。妻《さい》が用意してくれた味噌田楽《みそでんがく》がございますが、お口に合いますまい」

伝兵衛が、少し恥じらうように言った。

「そのようなことは、ございませぬ。田楽は、私も大の好物。藩邸でも、妻がよく作ってくれます」

「ほう、それは嬉しい」

伝兵衛が、笑った。

伝兵衛は以前、伊茶に会ったことがある。まだそれを覚えているようであった。

「して、その後藩はいかがです」

俊平は、伝兵衛へ単刀直入に話を切り出した。

「藩のようすがお知りになりたいか俊平殿、そなたは上様の影目付《かげめつけ》であったな……」

伝兵衛は、少し表情を曇らせて、考え込んだ。

「よいのです。おっしゃりたくなければ」

俊平は言って笑った。

「はは、隠すことなどはない。率直に申して、上様憎しの思いは、まだ藩内に残っておる」

「やはり、左様でございましょうな」

俊平は、わずかに表情をひき締めた。

「だがそうはいっても、今は沈静に向かっており、勢いは昔ほどではない」

「それは、なにより。先生のご尽力の賜物《たまもの》と存じます」

俊平は、奥伝兵衛のために徳利を傾けた。

「なんの。私の力などどれほどのこともない。だがの俊平殿、火種はまだ残っておるぞ」

「それは、どの辺りに」

俊平は酒を片手に伝兵衛を見直した。

「たとえば、さきほど去っていった門弟たちじゃ」

「やはり――」

俊平は、未だ尾張柳生の門弟が、反吉宗の急先鋒《きゅうせんぽう》であることに、軽い衝撃を受けた。

伝兵衛は、悲しげに俊平を見ている。

「それは、困りました」

「とは申せ、急進派はごく一部になった。昔と比べれば、藩のようすもずいぶん変わってきた」

「変わった――?」

「そうよ。なにより、宗春様がお歳を召された。すっかり、穏やかな気風になった。気が弱くなられてしまったのかもしれぬ」

俊平は伝兵衛を窺い見て、味噌田楽を口に入れた。

なかなか美味い。

「それに、上様に対抗したいからと言って、大盤振《おおばんぶ》る舞《ま》いをいつまでもつづけるわけにはいかん。それでは、金がつづかぬでな。藩の台所は、かなり逼迫《ひっぱく》してきておる」

俊平も、尾張藩がかつての華やかさを失っていることは、町民の噂で幾度となく聞いている。

ここ市ヶ谷の上屋敷前も、以前は質素倹約《しっそけんやく》を旨とする将軍吉宗に抗《あらが》うかのように、異常なほど活況を呈し、市《いち》が立つほどであった。

しかし、今やすっかり門前の灯りは消え、ようすを見に来る町人の姿もぷつりと途絶えた。

華やかな財政策は、いつまでもつづくものでもないらしい。

「お屋敷前も、ずいぶんと静かになったようでございますな」

「そうなのじゃ」

伝兵衛が、悲しげな表情で徳利を置いた。

「もう尾張藩には、かつての輝きはない。それに、幕府の目も厳しくなっての。特に藩内不平分子には、なにかと目が光るようになった」

「さようでございましたか――」

俊平は、しみじみとした思いで、酒を口に運んだ。

二本目の田楽を取る。

味噌田楽を口に運べば、あらためて味付けがほどよく美味いのがわかる。

俊平が、徳利の酒を伝兵衛に向けた。

「藩内でも、銃砲は鉄砲奉行が厳しく管理するようになった。近頃は、藩の目付役が急進派の動きを見張っているので、空蟬丸の時のようなことは、もう起きぬであろう。とはいえ、不満は鬱積《うっせき》しているだろうの」

「なるほど」

「老中松平乗邑《のりさと》様と附家老《つけがろう》の竹 腰《たけのこし》殿が、藩財政に口を出してこられての。どれも倹約策ばかりじゃ。それが、いささか門弟どもを刺激しておるのは否めぬ」

「宗春様もお辛《つら》いところでございましょう」

「であろうの。しかし殿は、もはや表立って抗おうとはなさらぬ」

伝兵衛は、ほろ苦そうな笑いを浮かべた。

廊下に荒い足音があって、数人の門弟が部屋に入ってきた。

さきほど出て行った者たちとはちがう顔ぶれである。

「おお、東藤《とうどう》か。紹介しよう」

伝兵衛は、ひときわ体軀《たいく》の大きい男を俊平に引き合わせた。

上背があり、体軀もがっしりしている。稽古着からのぞく体毛は濃く、前に立つと野生の熊《くま》でも立ちはだかるようであった。

「この東藤はの、道場では今一番の伸びざかりじゃ。こ奴に敵《かな》う者は、今の門弟どもにはおらぬと思う。私も、だんだん太刀打ちできなくなってきた」

伝兵衛は、苦笑いしながらその男を紹介した。

どうやら、誇張ではなさそうで、東藤は自信ありげに笑っている。

「こちらは――」

東藤が、伝兵衛に訊ねた。

「大和柳生のご藩主様じゃ。我ら柳生新陰流の総帥《そうすい》のようなお方じゃぞ」

「ほう」

東藤は、俊平を穴の開くほど見下ろしてから、

「まこと我らの総帥なれば、新陰流ではいちばん強いはず。いちど、お手合わせいただきたいものだ」

と言った。

「これ、東藤。ご無礼ではないか。柳生殿は、柳生藩藩主。それに今宵は、私を訪ね

てまいられた」

「されど、柳生殿は上様の影目付を拝命なされたと聞く。どうせ我らの動きを探りにまいられたのであろう」

憎々しげに、東藤伝七郎《でんしちろう》が俊平を見据えて言った。

そうだ、そうだ、と背後の門弟たちも口々に噺《はや》し立てる。

「それに、尾張柳生と江戸柳生の太刀筋は、今やずいぶん隔《へだ》たってしまったと聞く。後学のため、ぜひにもお手合わせ願いたい」

東藤が、畳みかけるように言った。

「同じ柳生新陰流、さしてちがうものではない。それに私は、桑名《くわな》の久松松平《ひさまつまつだいら》家の出でな。元は、尾張柳生を修めていたのだ」

俊平が笑って東藤をあしらう。

「されば、ますます柳生殿に興味が湧き申した。ぜひともご指南いただきたい。柳生新陰流の頂点とも言える剣、この手で確かめとうござる」

威嚇《いかく》するような口調で東藤が言えば、居並ぶ門弟たちも肩をいからせ、おお、と応じた。

「くどい。帰るがよい。柳生殿は今宵、私の客としてお越しくだされた。そもそもそのような態度、無礼であろう」

伝兵衛が振り返り、片膝を立て一喝《いっかつ》すれば、

「よかろう。さればいずれ道場にて」

と、俊平を睨み据え、東藤を先頭にした門弟集団は、肩をいからせ立ち去っていった。

それを見送った俊平が、

「残念なこと。私はけっして尾張柳生の敵になる者ではないのだが……」

と、落ち着いた口調で呟《つぶや》き、ふたたび湯呑み茶碗を取った。

「むろんのことじゃ」

「尾張藩のようすは、先生の仰るとおり、未だ穏やかとは言い難いようですな。時がかかりましょうが、憎しみが癒《い》えるまで、ゆっくり待つしかありませぬな」

俊平は、手にした酒をほろ苦そうに口に含んだ。

第三章　難破船《なんぱせん》

一

「伊茶、今日はそなた、長崎屋の娘御と会うと申しておったな」

外出先から帰ってきた伊茶に、俊平が声をかけた。

また新しい阿蘭陀菓子の製法でも聞いてきたのか、なにやら風呂敷包みを抱えている。なかは菓子の材料であろうか。

「それで、文奈どのとは会えたのか」

「はい。あのお方は、まことに几帳面《きちょうめん》なお人で、これまでお稽古を休まれたことがございません」

伊茶が俊平の隣に座って、風呂敷を解きはじめた。

「ほう、しっかり者よな」

「まだお若いのに、あれほどしっかりしたお方に会うたことがありませんせん」

伊茶は文奈を褒めた。

見れば珍しい菓子の材料があれこれ入っている。粉のようなもの、瓶に入った液体など、珍しいものばかりである。

「それほどの娘か。して、新しい菓子の製法は学んできたか」

俊平が目を輝かせて訊いた。

「はい、ひとつ覚えてまいりました。代わりに、酒饅頭の製法を教えてさしあげると、とても喜んでくださり、ささやかながら、お返しができたように思われます」

「それは、よかったの」

「新しい菓子は、今日にも作ってみますので、お待ちくださりませ」

「待つぞ。私は、すっかり阿蘭陀菓子の虜《とりこ》になってしまったようだ。これを愉しみに日々を暮らしているような気さえする」

「まあ、俊平さま、大袈裟な」

伊茶が、俊平を見返して笑った。

「それで、その後長崎屋はどうなっておるか、話は聞いたか」

「はい。阿蘭陀使節が帰られてからは、長崎屋はもう火が消えたように淋しくなった、と申されておりました」

「長崎屋が、百年もの間阿蘭陀人の常宿をつづけてきたのは、異国人を迎える華やいだ気分があればこそ、であったのであろうな」

俊平は伊茶を見返し、しみじみとした口ぶりで言った。

「きっとそうでございましょう。ただ文奈さんによれば、なにやら近頃店の雰囲気が変わってきたともおっしゃっておられました」

伊茶はそう言って、わずかに顔を曇らせた。

「はて、それはどういうことだ？」

「なんでも、お父上の源右衛門さまのごようすが、ここのところ険《けわ》しくなったとのこと。大切にしておられる文奈さまに、しばらく座を外《はず》しておれ、などと言うことが多いとのことでございます」

「あの、温和な源右衛門殿がな……」

「来客ともなにやら小声でひそひそと話し合うことが多く、文奈さんの嫌いな肥前屋の女将とは、もう額を寄せあうようにして話しているそうでございます」

「はて、肥前屋ともなにがあったのであろうな」

「文奈さまは、父上は変わられてしまったと、悲しんでおられました」

「妙なことよ。なにやら異変があったのであろうが、まだ、わからぬな」

「はい、さっぱりわかりません」

　伊茶は不気嫌に口をつぐんだ。

　俊平は、伊茶を笑って見返すと、阿蘭陀使節に付いていった段兵衛のことが気になった。

「段兵衛には、無理な頼みを聞いてもらった。今頃は、どの辺りまで行ったかの」

「おそらく、尾張名古屋あたりにまで到達しておりましょう」

「もはや、その辺りまで行っているか」

　俊平は、あれこれ想像をめぐらせ、頷いた。すでに一行が江戸を発って十日余りが経っている。

　あの阿蘭陀使節三人のことであるから、あれこれ段兵衛に無理難題を持ちかけていよう。それを、不平を洩らしながら聞いている段兵衛の姿を想像するだけで、なんとなく滑稽に思った。

「名古屋に着けば、使節の旅程も二、三割はこなしたことになろう。段兵衛は、その辺りで一行と別れると申していた」

「されば今頃は、晴れ晴れした気分で、名古屋の町を散策しておられますな」

伊茶も段兵衛の笑顔を想像して相好を崩した。

「そうなろうかの」

「尾張は、宗春様の治める土地。さぞや賑やかでございましょう」

「いや、近頃はそうでもないという。宗春様も、お歳を召され、いまひとつ元気がないそうだ」

俊平は数日前奥伝兵衛から聞いた徳川宗春の近況を思い出した。

「まあ、それはいけませぬ。元気を出していただかねば、質素倹約ばかりでは、息が詰まります」

「伊茶がそのようなことを言うとは驚いた。たしかに、いずこの藩も金繰りに窮し、節約一点張りで過ごしている」

「ご多分に漏れず、柳生藩も同様でございます。尾張藩のようなおおらかな藩があってもよいかもしれませぬ」

二人でとりとめもなく語り合っているところに、廊下で人の気配があり、慎吾が、

「段兵衛さまより、書状が届いております」

と告げた。

「噂をすればなんとやらだ。だが、早いの。尾張には、まだ到着したばかりであろうに。至急便か」

「そのようでございます」

廊下で慎吾の返答がある。

「まあ、段兵衛さま、なにを急いで」

伊茶が、俊平の受け取った書状に目をやった。

「はて、なにかあったか……」

書状を開いてみれば、相変わらずの段兵衛らしい乱筆で、大きな文字が綴《つづ》られている。その文字を追う俊平の気配が、俄《にわ》かに厳しいものと変わった。

「いかがなされました――」

伊茶の目の色が変わった。

「船が難破したというのだ」

「まあ、船が……」

「伊勢《いせ》湾で、阿蘭陀船らしき船が難破したという。船は大きな帆船で、姿かたちは日本のものと明らかにちがっていたという。さらに言えば、あんなところに南蛮の帆船が出没したことはなく、目撃した漁民はど胆を抜かれたそうだ」

「それはそうだ。南蛮船は本邦の船とは姿かたちがまるでちがう」

「日本は紅毛諸国との交易で、阿蘭陀一国に限っております。おそらく、その船は阿蘭陀国籍の船と思われますが、なぜ、長崎でなく、あのようなところに現れたのでござりましょうか」

伊茶がいぶかしげに俊平に問いかけた。

「そこだ。阿蘭陀使節はむろん陸路で長崎に帰っていった。難破した船は、阿蘭陀使節を迎えにきた船ではない」

「と、なりますと」

「長崎以外での交易は禁じられている。おそらく抜け荷を行っていたのだろう」

「抜け荷！　されば、何処の藩との」

「わからぬ。だが……」

俊平はしばらく考えて、

「だが、カピタンが幕府に新式銃を売り込もうとしていたのだ。まずは、その鉄砲に関連したことが疑われる。いまひとつ」

俊平は、また書状に目を落として言った。

「近くに日本の荷船が付いていて、難破した船から、荷を積み替えていたという」

あらためて、段兵衛の書状に目を走らせて俊平が言う。

「そのようすから見ても、やはり、抜け荷が疑われますな」

惣右衛門が唸るように言った。

「この阿蘭陀船の遭難、大問題となろうな。抜け荷となれば、阿蘭陀が条約を破ったことになる」

「さようでございます。場合によっては、関係断絶ともなりましょう」

「うむ」

俊平は、眉を曇らせ、また書状に目をもどした。

「これは、由々《ゆゆ》しきことでありまする」

「目撃したのは、桑名《くわな》を母港とする漁船であったそうな。親藩である桑名藩より、いずれ江戸に報せが届こう」

「尾張藩が疑われますな」

伊茶が、難しい表情で言った。

「これは、危惧《きぐ》していた方向に物事が進んでおる」

「新式銃が尾張藩に渡れば、由々しきことになりまする」

伊茶が再度事の重大さを口にした。

「とまれ、いちど登城し、幕府の動きを見きわめねばならぬ。上様が、どうご判断なされるかも」

「そうなされませ。ひとまず穏便《おんびん》に収めることができれば、まずよろしうございますが」

伊茶は心配げに俊平の顔をうかがい、肩を落とした。

「これは、阿蘭陀菓子どころではないな」

俊平が、苦笑いしてそう言えば、

「はい、そのようでございます」

伊茶も、荒い息で応えるのであった。

二

江戸城本丸表御殿は、いつになく人の出入りが慌ただしかった。

諸大名や幕府の諸役人に混じって、黒い十徳《じっとく》姿のお城坊主が、白扇《はくせん》片手に駆けずりまわっている。

俊平は、その人混みを避けるようにして御殿奥に進み、大廊下を出た。

「柳生殿ではないか」

一万石大名の立花貫長が、俊平を見つけて、駆け寄ってきた。

「おお、貫長殿。なにやら、城内が騒然としておるようだな」

俊平が、貫長に声をかければ、

「俊平殿。なにやら、伊勢湾で阿蘭陀船が難破したらしい。その話が伝わり、城内がざわざわと落ち着かぬ」

「阿蘭陀船が、妙なところに出没していたわけだな」

「そういうことだ。尾張藩が疑われている」

「抜け荷の嫌疑か」

「まあ、そういうことだ」

「だが、なぜ阿蘭陀船が、遭難したという」

「たしかに、阿蘭陀船とは断定できぬそうだが、船体のかたちから見て、紅毛船であることは確からしい。しかも、日本の荷物船と一緒だった」

「だが、なぜ、そのようなところで」

「わからぬ。だが、日本の荷船と、ここそこやっておったのだ。まあ疑われても仕方があるまい」

「つまり、抜け荷が疑われておるのだな」

「大きな声では言えぬが、困った事態となった。これまで抜け荷に手を染めていた西国大名が、これですべてが露見するのでは、と戦々恐々《せんせんきようきよう》としておる」

「それくらいなら、脛《すね》に傷のある身ゆえにな。切り抜けられようが」

「いずれも、御三家筆頭の尾張藩だ。阿蘭陀との交易も止まるのではないかと、不安の筋もあるらしい。上様は、これより後、紅毛に大した感心を示し、書物を大量に買い入れると申されていただけに、これは困った事態となった」

「うむ、事態は一転したな」

俊平も大きな吐息をもらした。

「それより、そなた、なにをしにお城にまいった」

貫長が辺りを見まわし、俊平に顔を近づけて訊ねた。

「ようすを見に来たのだ。じつはな、尾張におる段兵衛より書状が届いての。このことを報せてきた」

「そのことだ。わしにも、段兵衛から書状が届いておる」

貫長が、苦笑いした。

「なんだ、そなたにもか。なんと言ってきた」

俊平が、貫長の腕を取って訊ねた。

「どうやら、阿蘭陀が密貿易をやっていたのはまちがいないらしい。長崎奉行辺りまで追及の手が延びるやもしれぬゆえ、抜け荷はしばらく慎《つつし》め、と本家に伝えてほしいとな」

「段兵衛め、なかなかに本家思いだの」

俊平がにやりと笑った。

無理もない、段兵衛は貫長の異母弟である。

「やはり、立花家の人間よ。それで、柳河藩《やながわはん》の立花貞俶《さだよし》殿には、すぐに一報を入れておいた」

「それと、肥前屋にも気をつけよと言うておいた」

「あの肥前屋の黒揚羽《くろあげは》か」

「知っておるのか」

「九州では海商だ」

「肥前屋は長崎屋ともずいぶんと親しいようだな」

「こたびの沈没船を助けたのは、どうやら肥前屋の船らしい」

「なぜ、そう思う」

「なんでも、帆船に揚羽の印が刻んであったという」

「段兵衛め、そこまで摑《つか》んでいるのか」

「おぬしには伝えておらぬのか。はは、おぬしの影目付のお役目ゆえであろうな。いちおう警戒しておるわ」

「だが、おぬしが漏らしてよいのか、私は知ってしまったぞ」

「まあ、よい。そなたは西国大名に理解がある」

「それにしても、段兵衛は水臭い。私が影目付とはいえ、西国の窮状には厳しくなれぬのに」

「はは、それでこそ、柳生俊平だ」

貫長が、俊平の肩をたたいた。

「ついでに言えば、そなたには尾張藩にもやさしいところがある」

「私の柳生流は尾張柳生でな。名古屋城下の道場にはよく通った。それに、宗春様にも親しくしていただいておる」

俊平は、当時を懐かしむように言った。

「上様も、それを承知なのだな」

貫長が微笑《ほほえ》んだ。

「むろんご承知だ。上様も、尾張を厳しく追い詰めるおつもりはない」

「されば、問題は松平乗邑殿ということになるな」

「あの御仁は、まことに厳しい。それに、尾張藩附家老竹腰正武《まさたけ》が、彼《か》の藩を追い詰めている」

「乗邑は、血迷っておる。だが、なにも、起こらねばよいがの」

「とまれ、西国諸藩は、しばらくおとなしくしておることだ」

俊平が貫長の腕を取り、諭すように言った。

貫長も西国大名である。

「心得ておるわ。そなた、これよりどうする」

「松平乗邑の動きがちと気になる。いま少し、調べてみるつもりだ」

しばらく松の廊下を中奥方面へ進むと、

「あ、これは柳生様ではございませぬか」

俊平を、背後から呼び止める者がある。

将軍吉宗の小姓頭、佐倉新之助《さくらしんのすけ》であった。

「おお、そなたか」

「はい」

謹厳実直《きんげんじっちょく》そうな新之助はまっすぐに俊平を見た。

「どうしたな」

「まことに差し出がましいとは存じますが、もしよろしければ上様にお目通りいただければと存じます」

「はて、なぜだ」

「上様は、柳生様は今日は来ぬかと申されておりました。なにやら、悩み事を抱えておられるごようす――」

「しかし、私はお呼び出しを受けてはおらぬ」

「私が、お取り継ぎいたしましょう。しばらくこちらでお待ちくださりませ」

新之助はそう言って、大廊下を中奥の吉宗のもとへ。

しばらくして、もどってくると、

「上様がぜひ、将棋を一局どうじゃ、と申されておられます」

新之助は顔を伏せて笑っている。

「どうやら、将棋は口実にて、柳生様にこたびの一件についてご意見をうかがいたいごようすでございます」

「されば、うかがうといたすか」

俊平は、新之助に礼を言い、中奥の将軍御座の間《ま》に吉宗を訪ねた。

「おお、まいったな」

吉宗は存外元気そうに将棋盤を用意し、待ちかねていた。

「今日の余は、いつもとはちがうぞ」

吉宗は強気な表情を崩さず俊平を見て言う。

「それは、恐ろしうございますな。お手柔らかにお願いいたします」

「なに、そちとの勝負はまだまだ遠い。手やわらかに願いたいのはこっちのほうじゃ」

吉宗はそう言って笑ってから、

「じつはな、将棋もしたいが、その前にそちの意見も聞きたい」

「はて、なんでございましょう」

「尾張藩のことじゃ。余は尾張藩のあの気骨を頼もしいと思う。彼《か》の藩とは数代前から誤解も重なっていての。困っておるが、けっして嫌っておるわけではない」

「はい」

「されば、難破船の一件でござりまするな」

「うむ」

この一件を避けては通れない。吉宗は俄かに険しい表情をつくった。

「それにしても、さすがに耳が早いの」

ちょっと意外そうに、吉宗が俊平を見やった。

「それがし、影目付を拝命し、だいぶ月日が経っておりますれば」

俊平は、穏やかに笑った。

「そうじゃの、俊平にはすまぬことをしておる」

思いがけなくも、吉宗が言い出しにくそうに話を切り出した。

「ご褒美《ほうび》の一件でござりますな」

俊平が、笑って問い返した。吉宗は誤解しているらしい。

「ちょうどよい領地がない。しばらく待ってくれぬか」

吉宗は俊平に影目付を命じた際、加増の約束をしている。だが、代替え領地が不足しており、まだ約束がかなえられないでいる。

「ご懸念なく。気長に待っております」

「そうか、それは助かる」

吉宗は、安堵して肩の力を抜いた。

「それがし、こたび長崎屋で、三人の阿蘭陀人使節と会ってまいりました」

「ほう、あの三人にか――」

「その折、日本の武芸を習得したいと請われ、同門の柔術の腕達者を一人、彼らのもとに送りました」

「それは、もしや、立花家の者ではないか」

「はい。貫長の弟で大樫段兵衛と名乗っております。その者が、使節の帰路に同行しておりまして、伊勢湾での阿蘭陀船らしい船の難破を知り、伝えてまいりました」

「そのようなことがあったか。されば、そちも事情に詳しかろう。どうじゃ、その難破船、阿蘭陀の船か」

「その船、あっと言う間に沈んでしまいましたゆえ、わずかな目撃者の話を頼りとするよりありませぬが、話から判断すれば、やはり紅毛式の帆船であったらしうございます」

「うむ。阿蘭陀船であれば、なにゆえ伊勢湾に出没したかじゃ」

吉宗は難しい顔で俊平を見返した。

「さようでござりますな」

俊平は、そう言って吉宗を窺った。

吉宗は、じっと俊平を見つめている。

「松平乗邑は、抜け荷にちがいないと申しておる。尾張藩が怪しいと」

「されば乗邑殿は、密貿易の品はなんと思うておられます」

「さだかにはわからぬが、武器であることは、じゅうぶん考えられると申しておった。もし、幕府に売り込んだ阿蘭陀の新式銃であれば、これは由々しき事態であるとも」

吉宗は厳しい口調で言った。

「そちは、どう思うな」

「はて、私にはわかりかねまするが」

吉宗は、ひとり将棋盤に向かうが、駒は見ていない。なにか、じっと考え込んでいるようすであった。

吉宗は、吐息とともに前代の継友《つぐとも》から続く尾張藩と徳川本家の暗闘を思い返した。

先代尾張藩主徳川継友の頃、市ヶ谷の藩邸を幕府の密偵が取り囲み、一触即発だったこともあって、継友の死因も幕府に一服盛られたという風評が立ったことがある。

このたびの宗春の現在の政策とは真逆で、これまで放漫財政策をつづけていたことも。

背後に尾張藩の吉宗への対抗心が見え隠れしている。

「そもそも、この対立は幾つもの誤解から生じている節がある」

吉宗が声を落として言った。

「と、申されますと」

「すでに何十年も前になるが、余の治める紀州藩と尾張藩が、八代将軍の座を争っていたことがあっての。その頃、尾張藩主の徳川吉通《よしみち》殿、徳川五郎太《ごろうた》殿がたてつづけに亡くなられた。それも変死と騒がれたものだ。尾張藩は、紀州藩から遣わされた医師が毒を盛ったからと信じる者が多数あった」

「そうでございましたな。二代のご藩主がつづいてごく短い間に亡くなられ、継友様が六代藩主となられました」

俊平は吉宗をじっとうかがった。

「これ、俊平。余は尾張藩主に手など下してはおらぬぞ」

「むろんにございます」

俊平が笑って頷いた。

「あの頃は、たしかに妙なことがつぎつぎに起こった。紀州藩でも家督《かとく》を継いだ長男の綱教《つなのり》殿の後、すぐに三男の頼職《よりもと》殿も亡くなられた。口の悪い者は、余が一服盛ったからなどと面白おかしく評したものだ。ともあれ、余はそうした偶然の重なり合いによって、運よくこの座に昇りつめたのじゃ」

吉宗は、目を細めて当時を思い返し、重い吐息をもらした。

「上様は、まことに幸運なお方でございます」

「うむ。まあ、そのようなわけで、尾張藩の余への恨みはまことに強いわけじゃ」

「たしかに宗春様は、叛意《はんい》を剝き出しにはなされておられませんが、家臣のなかには、反幕府の気概《きがい》を抱く者が今も数多くいるようにございます」

俊平は飾ることなく思ったままを告げた。

「うむ。げんに余はいちど、小菅《こすげ》の狩場で尾張藩の者に命を狙われた」

「さようにございましたな。万が一、こたびの阿蘭陀の新式銃で狙われましたならば、銃の進化から見て、これまで以上に、お命が危のうございます」

「そのことじゃ。まことに用心にこしたことはない……」

吉宗はそこまで言って、深い吐息を洩らした。

「もしも、そのような動きがあるなればじゃ、そなたには、その芽をしっかり摘んでほしいのじゃ」

吉宗は、前かがみになって俊平に告げた。

「正直、これはかなりの難かしい仕事でございます」

「そうであろう。お庭番の者どもも、まだ決定的なことはなにひとつ摑んでおらぬ。表立った動きは、なにひとつ起きてはおらぬのだ」

「何事もなく過ぎれば、それにこしたことはございません」

「ただ、尾張藩に縁が深いそなたの手づるもあろう。なんとか、上手に事を収めるようとりはからってもらえば嬉しい」

「やってみます。それがし、上様のため、できるかぎりのことはする所存」

「うむ、そちだけが頼みじゃ」

吉宗は、そう言うと、うむと頷き、また盤面を見つめた。

三

柳生俊平が、中村座三階にある団十郎の部屋の戸をがらりと開けると、団十郎の周りに大勢の役者が集まっていて、なにやら騒がしい。

若手の立役者、百蔵が買ってきた瓦版《かわらばん》が床に広げられ、みながそれを覗き込んでいる。

そのすぐ脇には、団十郎の姿もある。

「あ、柳生先生――」

百蔵が、俊平に気づいて言った。

「どうしたんだ、そんなに瓦版を並べて。いったい、なにがあったというのだ」

そう問いかけ、瓦版を覗き込めば、

——異国の船が、大挙して攻め込んでくる。

——敵は英吉利《エゲレス》か、はたまた仏蘭西《フランス》か、それとも阿蘭陀か
煽情的《せんじょうてき》な文句が紙面に踊り、巨大な帆船が幾門もの大砲を放ち、天狗《てんぐ》のような男が、サーベル片手に船縁《ふなべり》から踏み出す姿が描かれている。

「あっしが、日本橋に用事がありましてね。帰りに、橋の脇を通りかかると、瓦版屋がおりました。その周りをぐるりと人が取り囲んでいて、そりゃあ凄い大賑わいで、異人が攻めてくると、大騒ぎでした」

百蔵が、荒い息を吐きながら言った。

「ほう。はや江戸の町衆の間にまで、難破船の噂が伝わっているのだな」

「と申しますと、柳生先生は、とうにご存じで」

玉十郎が、意外そうに俊平をうかがった。

「ああ。御城でも、むろん大騒ぎだったよ」

「で、先生。敵はいつ攻めてくるんで」

団十郎が、興味津々《しんしん》の口ぶりで俊平に訊ねた。

「いやあ、異人が攻めてくるなんて、そんな大層な話じゃないよ」

「なあんだ、やっぱりそうですかい」

団十郎は、気がついていたのか、

「だいたい沈没するような船じゃ、戦にもなにも、なりゃしませんや」

「さすがだな、大御所。これは戦じゃない。だいいち、横に日本の船がいて、荷物を急ぎ、そちらに移していたそうだ。これは抜け荷だよ」

「へえ、抜け荷で」

百蔵が、驚いたように言った。

「じゃあ、その抜け荷は、どこの藩がやっていたんで」

「そりゃ、簡単にはわからん。だが、伊勢湾で船が沈んだというところを見ると、その周辺の大藩ではあるまいか、と幕府は見ているようだ」

「付近の大藩といえば……」

大御所は、そう言って首を傾げてからにやりと笑った。

「まあ、御三家の尾張藩か、少し離れているが紀州藩ということになりますね」

「たしかに。紀州は上様のお膝元ゆえ、おそらく尾張藩だろうと疑う者が多い」

「そうでしょう」

大御所が、わが意を得たりとほくそえんだ。

「尾張藩は、一度銃で上様を狙っていますからね。また、やらかしたんだ」

「おいおい、団十郎。滅多なことを軽々しく言うな」

「これは失言でした。でも、それは大ありなんじゃあ」

団十郎はそこまで言って、俊平を見返した。

「まあな。幕閣も、まずは尾張藩を疑うだろう」

「じゃあ、これから尾張藩は、どうなってしまうんで……」

百蔵が息を呑んだ。

「いやいや、宗春様はいつも豪胆《ごうたん》でおられるよ。上様が質素倹約を連呼しようとも、宗春様は、景気を煽《あお》る大盤振《おおばんぶ》る舞《ま》いをつづけておられた。おかげで、江戸は火が消えたように静まり返っているというのに、名古屋じゃあ、もう祭のような大騒ぎ。その気前の良さは、歌舞伎《かぶき》のネタにもなるほどだ」

団十郎が言うと、

「たしかに、そうでございました。要は尾張の殿様が、上様に喧嘩を売っていたってわけでしょう」

百蔵が、そう話をまとめた。

「たしかに、宗春公があえて上様に挑んでいたと面白がる向きもあるが、果たしてそうであったのかの」

　俊平が、恍《とぼ》けたように言った。

「いずれにしても、これは、ちと長引く話になりますねえ」

　団十郎が、腕を組んで言った。

「そうだろう。肝心の異国船は沈んでしまって、跡形もない。それに、疑わしきは御三家筆頭だ。身内同士の喧嘩のようなものだからな」

「さようで」

　団十郎も頷いて、煙管《きせる》の煙草《たばこ》に火を点ける。

「あっしの見るところですがね——」

　上方《かみがた》歌舞伎の女形であったが、今は江戸に住み着き、戯作者《げさくしゃ》として成功した宮崎伝《みやざきでん》七翁《しちおう》が、話に入ってきた。

「なんだね。宮崎翁——」

「へい。問題は、その荷を引き取った船が、どこの船かということに尽きるんじゃないかと」

「そこなんだよ。沈んじまった異国船なんて、どうでもいい。だが、あいにく見た者はほとんどいないし、沈没船を置き去りに逃げていったのが海商「肥前屋」の船らしいと伝わってきている」

「したたかな奴ですねえ」

団十郎が、呆れ口調で煙を吐き捨てた。

「しかし、もしその沈没船が阿蘭陀のもので、運んでいたのが新式銃だとしたら、阿蘭陀使節は、幕府に無断で、ちゃっかり他藩と商売をしていたってわけで」

団十郎が言った。

「そういうことになる」

「こっちも、したたかな奴らですぜ」

「だが大御所。使節団には、長崎との往復に三百人もの警護が付き、まるで囚人《しゅうじん》を護送するかのようだったといいますぜ。どうやって、他藩と交渉できたんでしょうね」

宮崎翁が言うと、

「うむ、そこが謎なのだ。使節団には、大樫段兵衛を付けたが、段兵衛の話では、宿舎では案外大勢の日本人が接触してきたという。もしかすると、そのなかに仲介者がいたのかもしれない」

と、俊平が応えた。

「なるほど。そりゃ、ありえるねえ」

団十郎も相槌《あいづち》を打つ。

「でもあっしは、旅先の宿で、しかも人を介してじゃあ、複雑な交渉はできねえと思いますよ」

宮崎翁が、ふと考えて言った。

「そんなものかな」

団十郎が翁を見返した。

「阿蘭陀使節が、いちばん日本人と接触する機会が多いのは、やはり江戸の宿舎長崎屋でしょう」

宮崎翁が再度言うと、

「そりあ、そうだ」

と、団十郎が応じた。

「そこで接触する者との関係が、やっぱりいちばん疑わしい」

「道理だ。となると、長崎奉行と長崎屋源右衛門が怪しいというわけか」

「まずは長崎屋の源右衛門。抜け荷の船主は、源右衛門と親しい者かもしれませんね」

「よくできた筋書きだ」

俊平は、翁の話になるほどと得心した。

俊平も、じつはその辺りまで筋書きは読めている。

「幕府は、そこまではまだ調べていないのですかい」

百蔵が、不満げに俊平に訊ねた。

「さてな。というより、それを調べるのは、私の役目だよ」

俊平が自嘲《じちょう》気味に言った。

「長崎屋には、昵懇《じっこん》の船主はいねえのですかい」

団十郎が訊ねた。

「はて、船主といえば」

俊平はそこまで考えて、

「いたいた。たしか肥前屋だ」

「その辺りが、臭いますね。肥前屋といえば九州の海商でしょう。抜け荷なんて、お手のもんでしょう」

「肥前屋はそれほど有名なのか」

「知っている者は知っています」

宮崎翁が言った。

俊平は長崎屋で姿を見た肥前屋の女将黒揚羽の姿を思い返した。

黒揚羽というよりは、黒猫のような眸《ひとみ》の、怪しげな気配の女である。その女に、長崎屋の主源右衛門は夢中になっているのかもしれなかった。

「長崎屋といやあ、あそこで作る阿蘭陀菓子が評判です。ぜひいちど、食べてみてえと思っていやす」

玉十郎が、思い出したように言った。

「玉十郎、おめえ、相変わらず食い意地だけは張っていやがるな。長崎屋の菓子ってえのは、なんだ」

「阿蘭陀の菓子でございますよ。大御所」

玉十郎が得意気に言った。

「長崎屋が阿蘭陀使節から聞いて始めた阿蘭陀菓子で。もちろん売り物じゃありません。ただ、お局さまのところに持って行って、大層評判だったとか。いちど食べてみてえもんだと」

「それなら、私も食べたぞ」

俊平が、得意気に言った。

「え、柳生先生がですかい」

玉十郎が、驚いて俊平を見返した。

「私は、深川の料理屋〈蓬萊屋〉でな。芸者衆が長崎屋に呼ばれ、土産に持ち帰ったものだ。あれは、じつに美味であった。日本の菓子とはまるで別の食べ物だ」

「そう聞くと、ぜひとも食べたくなりましたぜ。なんとかして、手に入れる方法はございませんかね」

団十郎が目の色を変えて言う。

「なあに、それならたやすい。私の妻の伊茶が、長崎屋の娘から聞いてきて、藩で作って、みなで食べている」

「そいつは驚いた。柳生藩では、阿蘭陀菓子を食うていらっしゃるんで」

団十郎が、唖然《あぜん》とした顔で言った。

「言ってくれれば、伊茶が作ってくれるよ」

「でもねえ。お大名の奥方さまに、菓子をこさえていただくわけにはいきません。ばちが当たります」

「そんな、遠慮なんかいらないいさ」

「でも……」

　団十郎が手を上げ、首をすくめて見せた。

「それなら、大御所。今度お局さま方のところで頼んでみます」

「玉十郎。あてが、あるのかい？」

「へい。あっしは、お局さまのところでいろいろお稽古事をやっておりやす。あそこの教え子のなかに、長崎屋の娘さんで、文奈さんという方が来ておりやす。その方がお局館に土産として持ってきたものなんで、あっしから文奈さんに頼んでみます」

「それはいい。礼はたっぷり弾むぜ」

　大御所が言った。

「ただ、まだあっしはその人に会ったことがないんで」

「なあんだ。会ったこともねえお人への頼みごとを、安請け合いなんぞするもんじゃねえ」

　団十郎が玉十郎を叱った。

「でも、お局様に頼めば、なんとか話は通じるはずで」

「なら、やるだけやってみろ」

「へい。ただ、材料はあまりねえと聞きます。座員のみなにまで回ることは、ねえと思いますぜ」

「そうだろう。駆け出し連中にまでは、食わしてやることはねえ」

団十郎が、部屋を見まわしてきっぱりと言った。

「じゃあ、ここに集まっているおれたちは、どうなるんで」

壁際で将棋を指す喜八郎《きはちろう》という若手の役者が、声を上げた。

「おめえは、たぶんぎりぎりだな。もっと修行を重ねねえと、きっとあぶれるぜ」

団十郎が笑って言えば、

「へえ」

しょげかえる喜八郎に、部屋のなかからどっと笑いが起こった。

四

「殿、玄蔵殿がお見えになっておられます」

昼過ぎから藩邸に籠もり、国許から送られてきた部厚い書類の束に目を通していた俊平は、用人見習いとなったばかりの慎吾の声に、ふと文机《ふづくえ》から顔を上げた。

「玄蔵か。めずらしいの」

「はい。なにやら、お耳に入れておきたい儀があるとのことで」

幕府お庭番遠耳の玄蔵は、上様のご下命で長崎屋周辺を丹念に洗っているところであったが、まだ報告らしい報告はなかった。苦労しておるなとは思っていたが、俊平も多忙のことゆえ、それきりになっていたのであった。

「すぐに通せ」

そう言ってから、俊平は玄蔵がなにか摑んだかと、ほくそ笑んだ。

足音もなく明かり障子を隔てて廊下にはべるのを待つ。

「どうした。すぐに入れ」

と促すと、

「ご無沙汰《ぶさた》をしておりました」

と、玄蔵はまだ部屋に入らない。

「なにを遠慮があろう。ささ」

「へい、それでは」

と音もなく障子を開けた玄蔵の顔が思いの外《ほか》明るい。

「こたびの一件では、ちと苦労していたようだな。なにかあったか」

「あいにく、例の難破事件は、遠い伊勢湾のうえ、阿蘭陀国は交易上の重大な相手国、なかなか動きづらいところもあるようで……。上様のご意向で、城中も妙に静まり返っております」

「そうか」

「一部には、積荷は鉄砲だという話も広がっております」

「松平乗邑様は尾張藩に厳しい。そなた、なにか聞いておるか」

「これは噂にすぎませぬが、乗邑様は尾張藩に反幕府のたしかな動きがあれば、こたびばかりはいかに御三家といえど、そのままにしておくことはできぬ。お取り潰《つぶ》しも念頭に入れておかねばならぬ、と申されておられますそうで」

「それは、何処で聞いたのだ」

「お城坊主の噂にすぎませぬが、新式銃を大量に購入予定であったとなれば、そう思われても致し方ないと。お庭番仲間もみなそう申しております」

「はて、困ったことだ」

俊平は、切腹まではならぬにしても、松平乗邑ならそれを取引材料にし、徳川家の者を尾張藩に送り込むくらいのことはしかねぬと思った。

「だが、そなたはなにか摑めたようだな」

「まだまだ大したことはございませんが」

「ぜひ聞かせてくれ」

　俊平が、身を乗り出すようにして玄蔵を促した。

「じつは、長崎屋が怪しいと見て、あの家を見張っておりました」

「ふむ。こたびの抜け荷には、長崎屋も一枚嚙んでいると私も見ていた。それで」

「長崎屋に出入りする肥前屋の女将黒揚羽なる者を追っておりますと、海商としても手広い商いで数隻の船を持っていることがわかりました」

「女には珍しいほどの野心家だな。肥前屋というからには肥前博多《はかた》が根城か」

「はい。それと、阿蘭陀の沈没船の傍らにいたのも、どうやら肥前屋の船であったことがわかりました」

「それは、確かなのか」

「はい。それに遠国づとめのお庭番からの報せがありましたので、戸山《とやま》の尾張藩下屋敷を見張っておりましたところ、二台の荷車から荷が降ろされ、長い大きな木箱が藩内に持ち込まれました。どうやら阿蘭陀からの新式銃と思われます」

「そなたが、それを見たのだな」

「へい、このあっしとさなえの四つの目でしっかりと」

「尾張藩下屋敷に運び込んだとしたら、よいところに目をつけたな」

「あそこは、敷地が広大なうえ、付近に目立ったお屋敷がございません」

「うむ。人目につかぬうえ、新式銃のよい練習場ともなる」

「そういうことで」

「でかしたぞ、玄蔵」

「一箱に五挺入っていたとしても、十箱として五十挺。これは由々しき事態でございます。たしかに五十挺、百挺では天下は覆《くつがえ》りませんが、上様を狙い撃ちするには、じゅうぶんな量で」

「江戸に運び込んだということは、そういうことかもしれぬな」

俊平は、あらためて玄蔵を見返し、頷いた。

「幕府に恨みを抱く尾張藩の急進派は、江戸にどれほどいような」

「さあ、そこまでは。でも中核は、尾張柳生の門弟と聞いたことがございます。尾張藩ともなりますと、江戸詰めだけで、五千や一万はおりましょう。かなりの数にのぼると思われます」

玄蔵が険しい眼差しで俊平を見返した。

「その連中、新しい銃に慣れるまで稽古をしような」

「それは、もう」

「とすれば、やはり下屋敷か」

「あそこは、人家からはだいぶ離れております。銃声も外には漏れますまい」

「話はだいぶ整ってきたな。この企《くわだ》ては、食い止めねばならぬな」

「今日明日にも、また銃を運び込むやもしれません」

玄蔵が、険しい表情で言った。

「玄蔵。すまぬが、そなたらで屋敷内を見張ってくれぬか。私と藩の者で銃の搬入は食い止める」

「それでは、そちらは、柳生様によろしくお願いいたします。銃は幾度かに分けて少しずつ運び込むやもしれませぬ」

「うむ。伊勢湾で、黒揚羽の船に移した銃は五十挺やそこらではなかろう」

「大量の荷物でございます。粘りづよく見張っていれば網にかかるやもしれません」

「ようし、銃は断じて尾張藩に渡してはならぬぞ」

「さようでございます。こたびは、大変なお仕事になるとは存じますが」

二人が声を潜めてひそひそと話していると、部屋の襖が小さく開いて、伊茶が玄蔵のために茶を淹れてきた。

「これはよういらっしゃいました。ところで、尾張藩の急進派は、尾張柳生の門弟でございましたな」

伊茶が、心配そうに言った。

「へい」玄蔵が答える。

俊平が、苦笑いを浮かべた。伊茶はさすがに相手が悪いと思っているらしい。

「されば、あたくしも、お役目に加わりとうございます」

伊茶が、玄蔵に茶を勧めながら俊平に目をやった。

「これは、影目付を拝命した私の仕事だ。こたびばかりは、そなたは奥を護《まも》っていてほしい」

「なぜでございます。相手は尾張柳生の強豪だからでございますか」

「そういうことではないが……」

俊平がくちごもる。

伊茶が悲しげにうつむき、

「私は剣を修める者。命を懸けております。こたびは、大切なお役目でございます。命を張りとうございます」

「だが、柳生藩の強豪を何人か連れていけば、こと足りよう。それに、いつ現れるやもしれぬ敵だ。幾夜もそなたを連れていけば奥が留守になる」

「そのようなこと、いっこうにかまいませぬ。ひと夜なりとも、ぜひお供いたしとうございます」

「相変わらず、言いだしたら聞かぬ奴よ」

俊平は、あらためて伊茶を見返し、苦笑いを浮かべた。

もはや、伊茶も連れてゆくよりない。

「それでは、まずそなたの目で、門弟で腕の立つ者三名を選び出し、お役目のため動いてくれるよう頼んでみてくれ」

「かしこまってございます。ただ、私の見るところ、強いといえば、師範代の新垣甚《にいがきじん》九郎《くろう》殿、それに惣右衛門殿と、森脇慎吾殿くらいでございましょう」

「しかし、それだけの数でよろしいのですか」

玄蔵が不安げに俊平を見返した。

「なに、あまり数が多ければ、相手に気づかれる。それでよかろう。それに、銃の受け渡しごときに、強豪がすべて揃うこともなかろう。強い奴は、私が相手をする」

「しかし、すぐに現れてくれればよいのですが……」

伊茶が不安げに言った。

「このところ曇り空が続いておる。それに、明日は、新月にあたり、月が出ぬ夜は真の闇となろう」

「銃を搬入するには、都合のよい夜でございますな」

「あっしも、闇夜に乗じてしっかり下屋敷を覗いてまいります」

「頼んだぞ。玄蔵、だがけっして気づかれるな。相手は血の気が多い。幕府が動きだしたと見ていきり立ち、戦となって苦しむのは、いつも庶民なのだ」

「わかっておりやす」

「それにの、上様も戦だけは避けるよう念じておられる。松平乗邑殿をなだめておられるところだ」

「はい。もし尾張藩が新式鉄砲を用意しているにせよ、どう対処していくかは上様のご判断と決まっております」

　玄蔵が言った。

「難しいところだ。とにかく、我らは新式鉄砲の搬入を阻止《そし》すること。それに尽きる」

「かしこまってございます」

　伊茶も固い眼差しで俊平を見返し、頷いた。

五

翌日、師範代の新垣甚九郎、用人の惣右衛門、森脇慎吾、これに伊茶を伴い、夜陰に紛れて俊平は戸山の尾張藩下屋敷を訪れた。

探索が目的であるから、むろん表門からの訪問ではない。屋敷の裏門に廻って、通りを隔《へだ》ててじっと中を窺う。

闇のなかで、虫がしきりに鳴いている。

むろん、その夜銃を乗せた荷車がやってくる保証などどこにもなかったが、玄蔵らの見た荷が沈没した阿蘭陀船の荷を移し替えたものであれば、先日運び入れただけということはなく、追加の便がある可能性はじゅうぶんに考えられた。

「残りの荷を下屋敷に運び入れるとしたら、今宵あたりと見たが」

俊平が、身を低くして潜む伊茶に語りかけた。

「私も、そのような気がしております。ふたたび荷を運び込むなら、月も無く、星も見えない今宵は最適と存じます」

そう言えば、師範代の新垣甚九郎も惣右衛門も頷く。

「なに、正直なところ、これといった当てがあるわけではないが、ここはしぶとく粘ってみるよりあるまい」

俊平も、気長に待つよりないと、ゆるりと辺りを見まわした。

「ただ、玄蔵殿が見たものは、ほんとうに銃なのでしょうか」

慎吾が、ぶるんと夜風に体を震わせ俊平に訊ねた。

「さてな、それは神のみぞ知るというものだ」

思わず苦笑いとなる。

俊平も今宵は、勘だけを頼りにしているのであった。

「俊平さま――」

伊茶が、闇のなかで囁いた。

「なんだ」

「あれを」

荷車を引いたざっと十人ほどの人影が辻を曲がってこちらにやってくる。

荷車は二台。それなりの荷物を高く積んでいる。

「殿、怪しうございますな」

惣右衛門が、小声で言った。

「うむ。まずは気取られぬように、引きつけるのだ」

俊平の言葉に、三人がするすると土塀の陰に身を潜めた。

五つの影が夜陰のなかに消えていく。

荷車は、半町ほど先で土塀沿いに停止すると、数人の男が、こちらに飛び出して、ようすを探った。

人足らしき男たちを追って、屈強な侍が数人肩を怒らせてやってくる。

これから、いよいよ積荷を下屋敷に運び込むらしい。

「俊平さま、屋敷のなかから何者かがこちらに駆けてきます」

擦り抜けられるほどの土塀の穴から、こちらにやってくる人影が見える。

手に提灯《ちょうちん》を握りしめている。

その後ろから数人が同じく提灯を掲げて荷車を引いて追いかけてきた。

人足が、その人影に目をくれた。

「ほほう。藩士が、荷を引き取るつもりらしい。行くぞ」

俊平が立ち上がり、通りに飛び出した。

伊茶ら四人が、その後に続く。

「待てい！」

俊平が、人足どもの前に立ちはだかり声を上げれば、人足どもがいきなり現れた人影に度肝《どぎも》を抜かれて立ちすくんだ。

「その荷、検《あらた》める――」

惣右衛門が、険しい声で叫んだ。

「うぬら、何者だ――！」

人足を追ってきた浪人者が、立ち止まって四方に散り闇を窺った。

「我ら、目付を拝命する幕府の者。その荷、検めたい。抜け荷の疑いあり」

「あっ」

慌てる声が、あちこちで上がった。

人足や、浪人どもに混じって、提灯を手に荷車からやってきた女の影がある。

肥前屋の女将黒揚羽らしい。

その影が、いきなり何かを構えた。

「危ない。伏せよ！」

俊平が、背後の四人に向かって叫んだ。

吹き矢である。

次の瞬間、小さな擦過音《さっかおん》が響き、矢が俊平の頭上を過《よぎ》っていく。

「黒揚羽、おまえ、恐ろしいことをする」

俊平が叫んだ。

「だが、そのような玩具、我らには通じぬぞ」

「邪魔立ていたすな。これは尾張藩お買い上げの荷。無礼であろう。いかに幕府の者とて、そなたらに検められる謂《いわ》れはない」

「いや。先に抜け荷の品が運び込まれた節がある。その荷もまたご禁制の品であろう」

「黙れ、木っ端役人」

浪人数人が言う。

「黒揚羽。このままでは西国九州での抜け荷の件もすべて追及されよう」

「おまえ、ただの役人ではないな」

黒揚羽が、闇を透かして俊平らを窺った。

提灯の灯りに、俊平の姿が浮き立つ。

「柳生俊平だ」

「柳生――！」

「長崎屋で見かけて以来だ」

浪人者が、ばらばらと俊平ら五人を囲んだ。

その外側を土塀の向こうから尾張藩の男たちが駆け寄ってきて囲む。

「そなたら、存じていようが、異国の武器弾薬を幕府以外の他藩が買い取ること、禁じられている。こそこそと西国で、抜け荷をはたらくのとはわけがちがうぞ」

「これが武器弾薬であろうはずもない」

黒揚羽が言った。

「ならば、あらためるまで」

惣右衛門が言う。

「あくまで邪魔立てするなら斬る」

新垣甚九郎が前に出た。

俊平も、前に踏み出した。

流石《さすが》に浪人者も、幕府剣術指南役柳生俊平の姿にたじろぎ、数歩退った。

「名ばかりの江戸柳生。邪魔立てすれば、我らが許さぬ」

尾張藩士が、揃って抜刀し前に出た。

「ええい。おまえたちは退くのだ！」

黒揚羽が、人足に急ぎ命じた。

俊平の前に立ったのは、見たことのある男であった。

尾張藩邸の道場で出会った東藤伝七郎である。

「おまえか――」

「この荷は、我らの悲願達成のためにぜひ必要なもの。邪魔立てするな」

「いや、これは抜け荷の疑いあり。また、上様のお命を狙うものであることが強く疑われる。このまま渡すわけにはいかぬ」

冷ややかな声で伝七郎が言った。

「ぜひもない。邪魔立てするなら、斬って捨てる」

「やむをえぬ」

俊平が、じりと草履《ぞうり》をにじらせ前に出た。

「そなたたちは、下がっておれ」

背後の者たちに低く言い、ゆるりと抜刀する。

屈強な尾張藩士四人が、伝七郎の背後に付いている。

俊平の背後で、伊茶と惣右衛門、新垣甚九郎、森脇慎吾が離れない。

「退っておれ」

俊平はもう一度言った。

荷車の人足らは、とうに逃げ去っている。

もはや、黒揚羽の姿もなかった。

俊平は、伝七郎を正視してじりと詰め寄った。

伝七郎が、〈後《ご》の先《せん》〉の柳生新陰流にはめずらしく、初手から激しい気合で剣を上段に撥《は》ね上げた。

よほど剣には自信があるのだろう。

斬って捨てんばかりの勢いである。

俊平は動かず、やや身を低くして刀を晴眼《せいがん》に構えた。

夜陰のなか、二人を囲んだ相手方の一団は、固唾《かたず》を呑んで身動きひとつしない。

伝七郎が、いよいよするすると前に出て来た。

俊平は、体をやや前のめりにし、足指を立て、足輪をつくった。

柳生新陰流独特の構えである。

肉迫してくる伝七郎に対し、斜め前に転じ、素早く撃ち返すつもりであった。

伝七郎は俊平の動きを見て、わずかに歩度を緩めた。

上段の剣を、今度は斜め上段に移す。

俊平は、これに合わせて中段に取った。

　双方、そのまま動かない。

　伝七郎は、俊平をあなどりがたい相手と見定めているらしかった。その動きに警戒の念が浮かんでいる。

　俊平は、ゆっくりと前に出た。

　剣をゆっくり八相《はっそう》に移していくと、つられるように伝七郎が前に踏み出し一気に間合いを越え、撃ち込んできた。

　俊平は身を斜め前に転じて、伝七郎の剣刃をかわすと、翻《ひるがえ》って斜めに刀を下ろした。

　だが、伝七郎の姿はない。

　俊平の剣を飛び交わし、去っている。

　闇を透かすように俊平をうかがい、伝七郎は小さく吐息した。

　俊平の腕を、あらためて知ったらしい。

　今度は、さらに慎重に身構えている。

　伝七郎の背後で、人影が動いた。

　互角の勝負と見て、尾張藩の男たちが焦りはじめたらしい。

「おい、手出しいたすなよ」

伝七郎が、振り返ることなく言った。

俊平の背後で、伊茶と甚九郎、惣右衛門と慎吾が固唾を呑んでいる。

俊平は、剣をゆっくりと前に出した。

刀を八相に取り、体をわずかに曲げている。

伝七郎は、ふたたび間合いを詰めてきた。

三間の間合いに迫っている。

そのまま、両者睨み合い、動けなかった。

たがいに、手の内は知り尽くしている。それだけに、決まりきった動きは、裏をかかれるはずであった。

俊平は、ゆっくりと前に出た。

誘うように、小さな隙をつくり、そのまま押していく。

だが、伝七郎はそれを誘いの隙と見て、動かない。

俊平は、そのままなおも前に出る。

背後の者が、あっと固唾を呑んだようだった。

俊平は、さらに動いた。

と、伝七郎がいきなり動いた。

軽い足取りで前に出た。

撥ね上げた上段からの袈裟斬りが俊平を襲う。それを体を斜めにずらしてかわし、前に出ると、いきなり素早い次の一刀が袈裟に俊平を襲った。

だが、その一撃は半ばから力を失っていた。

小柄《こづか》が放たれている。

放ったのは、師範代の新垣甚九郎であった。

伝七郎が駆け去っていく。

「甚九郎か。助かったぞ」

俊平は、すなおに敗北を認めた。

「なんの、勝負は時の運。次はお勝ちになられませ」

甚九郎が、さらりと言ってのけた。

俊平は、苦笑いして甚九郎を見返すよりなかった。

第四章　吉宗受難《よしむねじゅなん》

一

武芸をことのほか奨励《しょうれい》する将軍吉宗は、鷹狩りを好んでたびたび鷹場へ出かけたが、多忙な日々の合間を縫ってのことゆえ、遠い鷹場に足を運ぶことは難しかった。

そのため、近場の鷹場へ繰り出すことが多くなり、城を出て御座船《ござぶね》で隅田川《すみだがわ》を上り、城の北東、小菅《こすげ》の鷹場へ頻繁《ひんぱん》に出かけたのであった。

吉宗はこの狩場で、一度狙撃《そげき》されたことがある。

その時は、幸い命拾いした。

暴徒は空蟬丸という尾張藩の鉄砲名手で、当然死罪かと思われたが、じつは先帝中御門院《せんていなかみかどいん》のご落胤《らくいん》である驚愕の事実がわかり、吉宗は内々のうちにこれを見逃すこととした。

しかしこの一件以来、尾張藩への警戒がにわかに強まり小菅の鷹場付近の警備は厳重を極めた。

幕閣には小菅行きを止める者も多かったが、吉宗はこの狩場を好み、訪れるのをやめなかった。

そもそも吉宗には、幕府と尾張藩の関係を悪化させたのは自分ではなく、老中松平乗邑であるという思いがある。

乗邑は、殊《こと》の外《ほか》尾張藩に厳しく当たり、無理な注文を突きつけて怒らせてきた。

その日も大がかりな狩りを催し、ひと汗かいた吉宗は、休憩場で昼食をとり、ふたたび狩場にもどろうと外に出た矢先、百姓に化けた五人ほどの狙撃手から狙われた。

幸いかすり傷で済んだものの、吉宗の銃撃された衝撃は大きく、大勢の家臣に守られて、ふたたび休憩場へ担ぎ込まれた。

今回の狙撃手は、空蟬丸のような名手ではなかったのか、一発は肩を掠《かす》めたものの、他の四発は大きくそれて、どこへ飛んで行ったかもわからなかった。

警護の者が狙撃手を追ったが、逃げ足が速く、村の百姓にまぎれて何処《どこ》かに去った。

すぐに疑われたのは、前科のある尾張藩であった。

しかし前回と異なり、今回は尾張藩士が捕らえられたわけではなく、証拠も上がっていなかったため、城内には疑心暗鬼《ぎしんあんき》が蔓延《まんえん》していた。

登城した柳生俊平は、急ぎ将軍吉宗を見舞うため中奥将軍御座の間に向かった。

「柳生殿、ここじゃ、ここじゃ」

大廊下を奥に進めば、俊平を背後から呼ぶ声がある。振り返れば大岡忠相《おおおかただすけ》であった。

なんと、青木昆陽を連れている。

「お二人が一緒とは、めずらしいの」

そこまで言って俊平は、あっ…と納得した。青木昆陽は、まだ形ばかりであろうが、忠相の配下にあることを忘れていた。

「こちらは、私の上役なのじゃよ」

昆陽はそう言って、忠相と顔を見合わせ苦笑いした。

「私こそ、へり下りたくなる大先生だ。なにせ、世に甘藷先生と呼ばれる大将だからな。大変な部下を持ったものだよ」

忠相は言って、昆陽を眩《まぶ》しそうに見返した。

「それより昆陽殿。いよいよ新式銃が尾張藩の手に渡ってしまったようだな」

「おそらく、ちがいあるまい。阿蘭陀船らしき帆船が沈没し、荷が運ばれてすぐのこたびの事件だ。話によれば尾張藩の者、以前にも上様を狙ったそうですな。柳生殿は、どうお思いか」

「これは、尾張藩の仕業と見てまちがいあるまいの」

俊平が声を落として言った。

「それは、そうでないと考えるほうが難しかろう。前例がある。それは疑わぬほうがおかしい」

忠相が、苦笑いして言う。

「されば、さっそく捕縛せねばならぬな……」

捕り方を束ねる幕吏を長く務めていた忠相だけに、険しい表情をつくった。

「上様のお供に小菅に向かった百名近くの供侍や、関八州見廻り組、火盗改方など、総動員して付近を探索したが、未だ下手人は見つかっておらぬ」

「狩場内なら捕らえることも見込めようが、外に飛び出してしまえば、容易には見つかるまい」

昆陽も苦々しげに言った。

「あるいは、川に逃れたか」

「川と言えば、向井水軍が大挙して出動し、隅田川の船は猪牙舟《ちょきぶね》にいたるまで厳しく探索いたしたそうでござるな」

昆陽が言った。

「鉄砲さえ処分してしまえば、もはや証拠もなく、見物人に紛《まぎ》れることは容易《たやす》い。もはや無理かもしれぬ」

俊平も残念そうに言うと、

「だが、それでよいのかもしれぬな」

忠相が、落ち着いた口ぶりで言った。

「そこなのだ」

俊平が頷いた。

「もし尾張藩の実行部隊が見つかれば、幕府としても厳罰に処理せねばならぬ。さすれば、本家と尾張藩は一触即発の事態ともなろう。これは尾張藩の一部過激派の暴挙なのだ」

昆陽が、冷静な口調で言う。

「そうかもしれぬ。最悪の場合、天下大乱ともなろう」

俊平も、忠相と昆陽に同意して頷いた。

「だがしばらくは、この話題は江戸市中ではもちきりとなろうな」

忠相が言う。

「庶民の間では、徳川本家と尾張藩が険悪とけっこう知られている」

「さよう。江戸を立ち退《の》く者まで現れるやもしれぬ」

「それは、ちと大仰な」

俊平が笑った。

「とまれ、江戸市中に不安がだいぶ広がっていることは確かだ」

忠相が顔を曇らせた。

「たしかに城中の者らも、殺気立っておるな」

昆陽が、周囲を見まわして言った。

「問題は上様だ。上様が落ち着いた判断をお下しになれば、こたびの難事も治まってくれるのだが」

忠相が言った。

「上様は、賢明なお方。無茶なことはなされまい」

俊平が、しばし考えたあげく言った。

「それに、期待したいものだ」

忠相も頷いた。

忠相と昆陽は、町のようすを配下の与力に訊いてみると言って俊平のもとを去っていった。

将軍吉宗は事件の興奮がさめやらぬのか、顔を紅らめ、手招きして俊平を将軍御座の間に招き入れた。

「おお、俊平か」

「お怪我は、いかがでございます」

「なんの、大したことはない。弾は肩を擦《かす》っただけじゃ。蚯蚓《みみず》腫《ば》れとなっているが、そちとの剣術の稽古でも、これくらいの傷はできる」

吉宗は、明るさを絶やさない。

「大事なければ、よろしうございますが」

「なに、医者も大した怪我ではないと申しておった。それより、余を狙うた輩、いまいましいが、見事に逃げ延びたようじゃの」

吉宗はむしろ晴れ晴れとした顔で言った。

どうやら尾張藩との関係が、むしろ悪化せぬよう気を使っているらしい。

吉宗は、下座に座す俊平を手招きして上座に引き寄せた。

すでに将棋盤の準備ができている。

「探索方が、懸命に付近を追ったそうにございますが」

「それにしても、余はよく鉄砲で狙われるものだ」

吉宗は、苦笑いして俊平を上座に座らせた。

「まことに」

「そのたびに、命拾いしておるがの」

「まあ、こたびも尾張藩の者らの仕業はまちがいないことであろう。伊勢湾での難波船のこともある。なにより、前例がある。沈んだ船に乗っていた銃が使われたのであろう」

「上様は、お怒りにはなられませぬのか」

「現場に残っていた弾痕も、火縄銃のものよりは大きめであったという。鉄砲奉行の話では、我が国にはない弾痕とのことじゃ」

「さようでございますか。して、どうなされます」

「処分か。さて、どうしたらよいものか。問題は宗春殿よ。たとえまだ尾張藩に火種がくすぶっていようと、あのお方に幕府への叛意がなければ、ここで大騒ぎせぬほうがよかろう」

吉宗は、落ち着いた口調で言った。

「それを聞いていささか安堵いたしました。つまりは、尾張藩を罰すれば、阿蘭陀使節を罰せざるをえず、両国が交易断絶となるのは避けたいとの判断でございますな」

「うむ。たしかに、尾張藩の若僧どもには、むしずが走るがの」

「五発ほどの銃声が轟《とどろ》くと同時に、弾が飛んでくる音が耳元にあった。あれほど肝《きも》を潰す思いをしたことは、これまでになかったぞ」

吉宗は屈託《くったく》なくそう言って、俊平に苦笑いを見せた。

「それにしても、よく五発もの弾がすべてそれてくれました」

「余は悪運が強いのだろう。それゆえにこそ、将軍にもなれたのだ」

「ご冗談を」

俊平は、不敵に笑う吉宗を見返した。

「それにしても、あの鉄砲には驚いた。心なしか音も大きく、弾も速かったような気がする。あれは火縄銃ではなく、フリントロック式の新式銃やもしれぬな。やはり紅毛諸国の技は、我が国よりもかなり先を行っておるようだの」

「それは、気づきませんでした」

「天文の理にせよ、航海術にせよ、明らかに彼《か》の地の学問のほうが進んでおるやに見える」

「あるいは、そうかもしれませぬ。しかし、我らも心では負けておりませぬぞ」

俊平が、やや気負って言った。

「心か。じゃが、それはなにやら負け惜しみにも聞こえるぞ」

吉宗が笑って言った。

「そうかもしれませぬ」

俊平が、苦笑いを浮かべて吉宗を見返した。

「泰平の世となれば、これからは理の学問が重要となろう。余は、阿蘭陀国の書物は切支丹のものを除いて、大いに取り入れてはどうかと申しておる」

「それは、よろしいと存じます」

「ところで、どうじゃ俊平。本日も数局楽しんでいかぬか」

吉宗が俊平に、屈託ない笑顔を見せて言った。

「それはよろしうございますが、その前に上様にお訊ねしたき儀がございます」

「はて、なんであろう」

俊平の改まった物言いに、吉宗が一瞬身構えた。

「いま一度確認いたしますが、どのようなご処分をお考えでございます」

「うむ。やはりこたびも尾張藩が疑われるゆえ、相応の処分を下さねばなるまい」

「左様ではございますが、確たる証拠もありませぬ。お話では、狙撃犯はみな逃亡しておるとのこと」

俊平は、やんわりと告げた。

「だが乗邑は、徹底的に調べ上げろと申しておるぞ」

「それは、むろんのことにございますが……」

俊平は、そこまで言って押し黙った。

吉宗は、じっと俊平を見つめている。

「されば、上様は尾張藩の仕業《しわざ》にまちがいないとお考えですか」

「うむ、おそらくまちがいない。じゃが、肝心なのは宗春殿がかかわったかどうかじゃ。余は、宗春殿の関与はないと信じたい」

吉宗は、落ち着いた口調で言った。

「尾張藩も、近頃は昔とは変わってまいりました。台所にも余裕がなくなり、宗春様はかつての大盤振る舞《おおばんぶま》いを反省しておるやに聞いております」

「それは、余も聞いておる」

吉宗は、にやりと笑った。

「このところ、尾張藩は余の顔色を窺っておるようで、逆に気味が悪いほどじゃ。余の贈った朝鮮人参《ちょうせんにんじん》を、畑で丹精《たんせい》こめて育てているという」

吉宗が、苦笑して言った。

「上に立つ者がそうであれば、藩全体が上様に背《そむ》くことはございますまい。むしろ私の見るところ……」

「申してみよ」

言いにくそうにしている俊平を、吉宗が促した。

「尾張藩は、上様に対して疑心暗鬼になっているのでは」

「疑心暗鬼か――」

「後継者がないことをよいことに尾張藩をいったん幕府が接収するという噂が飛んでおります」

「困ったことじゃ」

吉宗は、唇を歪めて俊平を見返した。

「さようでございましょう。さすれば、そのようなつもりはないと、一言宗春様にお伝えになるのも、よろしいかと存じます」

「余はなにも言うておらぬのだ。改めてそのような話をするのは、かえって不自然ではないか」

吉宗が、唇を曲げて言った。

「されば、私から宗春様にお伝えいたしましょう」

「うむ。それなれば、そちから伝えてくれ。余は尾張藩をかき乱すつもりはないとな」

吉宗が、安堵して肩の力を抜いた。

「これで、尾張藩との緊張もいくらかは解《ほぐ》れましょう」

「うむ。じゃが、これで二度目の襲撃じゃ。甘い態度は見せられぬぞ」

「いたしかたないことに存じます」

俊平が平伏すると、吉宗は、ようやく晴れ晴れとした気分になって、小姓頭に将棋盤を取ってこさせると、

「気の障《さわ》ることばかりが多く、正直なところ最近は、これが余の唯一の愉しみとなっておる」

と、憮然《ぶぜん》とした口調で言った。

「ところで宗春殿は、近頃は病がちと聞いております。お元気になられればよろしい

のですが」

「元気なだけ、余の勝ちじゃな。だが政《まつりごと》の勝ち負けは、わからぬ。余が負けたのかと思うことも、たびたびある」

吉宗が苦笑いして言った。

「のう、俊平。今日は、ちと酒を飲みとうなった。つきあわぬか」

「それは、よろしうございますが……。このところ、上様は連日、お酒を嗜《たしな》まれておられると聞き及びます」

俊平は、ちらと小姓頭の佐倉新之助に目を向けた。新之助は小さく頷いている。

「なに、よいのじゃ。酒の量はさほどのことはない。このところ、世の憂《う》さばかりを感じるようになっての。歳をとったせいか」

「なにを申されまする。まだ上様は、さほどのお歳ではござりません」

「そう言うてくれるのは、そちくらいのもの」

吉宗は、そう笑いながら言った。

けっきょく、阿蘭陀使節から土産にされた強い酒を、吉宗は四分ほど、俊平は二分ほどたしなみ、俊平が城を辞したのは、夕刻を過ぎ、夜の帳《とばり》が城を包む頃のことであった。

二

廊下に人の気配があった。

若い人影は障子に映った慎吾であった。

「尾張から一通、青木昆陽様からも一通、手紙が届きましてございます」

「何用だ」

慎吾が告げた。

「おお、なにかよからぬことが起きたのでなければよいが」

慎吾から、まず昆陽からの書状を受け取って開いてみる。

「なんらかの厳しい処分が出たのでなければよいのですが」

伊茶が心配そうに俊平の手元を覗き込んだ。

俊平が、はやる気持ちを抑えて、じっくりと昆陽からの書状に目を通した。

添えられているのはカピタンからの書状で、ひどく狼狽《ろうばい》しており、厳しい処分が下されるのではないかと恐れているふうであった。

尾張藩の処遇がことのほか厳しいらしい。

「助けてやりたいが、阿蘭陀使節にも甘すぎた。しばらく名古屋で謹慎《きんしん》するよりほかなかろう。なに、上様の申されるには、阿蘭陀は大切な国、その関係を絶やすことはないとのことじゃ」

「それは、なによりでございます」

伊茶が、安堵して胸を撫でおろした。

「もう一通は、段兵衛様からでございます」

慎吾が、手にしたもう一通の書状を俊平に手渡した。

「尾張では、幕府の追及がどのように進んでいるか、気になっていたところだが」

書状を受けとり、封を切る。

開いてみれば、いつもの荒い筆づかいで、阿蘭陀使節一行が、いまだに名古屋の地で足止めを食らっていると報せていた。

連日厳しい取り調べを受け、使節らも、大分神経を病んでいると書かれている。

「昆陽殿と同じことを申されておるな。こたびばかりは、幕府も阿蘭陀人使節に容赦《ようしゃ》ないらしい」

「幕府は阿蘭陀国との交易は絶やさぬといっても、しっかり灸《きゅう》は据えられておるようでございますな」

惣右衛門が、苦笑して言った。

「使節たちには、どのような裁きが待っているのでございましょう」

慎吾が、真顔になって俊平に訊ねた。

「国の使節であれば、処分を下すのは、あくまで阿蘭陀国の側なのだが」

「されど、上様襲撃のための銃を、おそらく阿蘭陀使節が売ったのでございましょう」

惣右衛門は、あくまで厳しい見方を述べた。

「黒揚羽のことは、まだ幕府に気づかれておらぬらしい。幕府の調べが、あの女にまで伸びれば、事実関係が明らかになり、条約を破った使節も長崎屋も厳しい処分となろう。西国諸藩まで疑われるやもしれぬ」

「段兵衛どのは、しばし大和《やまと》には行かれませぬな」

伊茶が、心配げに俊平に訊ねた。

「心細いカピタンが、段兵衛を手離すまい。しばらく尾張で足止めとなろう。書状では段兵衛め、西国大名への風当たりを恐れておるようだ。段兵衛も西国諸藩への飛び火を避けたいのであろう」

俊平が、さもあろうと頷いた。

「段兵衛殿は、西国大名の縁者でございまするからな」

惣右衛門が言う。

「尾張藩へのご処分は、どうなりましょうな」

「惣右衛門様、それは大丈夫でございますよ」

慎吾が言った。

「なぜそう思う、慎吾」

俊平が問いかけた。

「はい、尾張藩は徳川御三家の筆頭でございますれば」

慎吾が、にやりと笑う。

「こたびは楽観論じゃな。だが、そのように甘いものではないかもしれぬぞ。藩士が、上様の御命を狙った嫌疑が掛かっておるのだ」

俊平は、重い吐息を漏らして慎吾を見返した。

「ところで俊平さま、尾張藩過激派を抑える手立ては、もはやないのでございましょうか」

伊茶が心配して訊ねた。

「さてな。それなりに一派を形成しているようだ。宗春公も困っておられよう」

「乗邑殿の次の手が決まらぬうちに、殿から上様に、取りはからっていただくことはできませぬか」

惣右衛門が言った。

「そうしたいが、うまくいくか。まずは宗春公のご本心が知りたい。慎吾、そちが尾張藩邸に書状を届けてはくれぬか」

「はい、藩邸のどなたに」

「奥伝兵衛先生だ。上屋敷におられるはずだ。だが、そなたの顔はあの夜、下屋敷で尾張藩の者に見られておる、気を付けてな」

「心得ております」

慎吾がそう言うと、俊平は早速文机に向かって、奥伝兵衛に向けて書状を認《したた》めはじめた。

三

「お庭番の玄蔵殿がお見えでございます」

このところ道場でめきめき腕を上げてきた若党筆頭の岡部《おかべ》一平《いっぺい》が、その日朝早く、廊下から太い声で客の到来を告げた。

俊平は、将軍襲撃の件が頭から離れず、気のふさがれる数日を過ごした。

国許から送られてきた書類に目を通し、昨夜は遅い就寝となっただけに頭が重い。

「おお玄蔵が来たか、今日は早いの。通せ」

俊平が応じると、

「されば、お邪魔いたします」

玄蔵の低い声が、廊下から聞こえてきた。

尾張藩を巡って、城中でなにか処分があったか、知りたいところであった。

障子を開けた玄蔵を見れば、こちらに一礼する表情に疲れが見える。

「まあ、なかに入れ」

「それでは——」

玄蔵が部屋に入り、あらためて俊平に平伏すると、

「早速でございますが……」

と、険しい表情を浮かべた。

話を聞けば、お庭番の詰所でも、尾張藩の追及をめぐって殺気立っているという。

「こたびの一件では幕府内の意見が割れておりまする」

「尾張藩の仕業と見る者は、断固処分すべしという意見が多いのですが、とはいえ尾張藩は御三家のひとつ、あまり追いつめるべきではないという意見もかなりございまして」

「どう割れておる」

「ということは、まだ処分らしい処分は出ておらぬのだな」

「はい。かなり紛糾《ふんきゅう》しております」

「ところで、そち、朝飯は食うたか」

「あ、いえ」

玄蔵は、遠慮がちに頭を振った。

「そうであろう。そのような顔をしておる」

「まあ、玄蔵さま。今日はお早いお越しでございますね」

そう言って部屋に入ってきた伊茶に、

「すまぬが、こ奴になにか食わせてやってくれぬか」

俊平は、いかにも空腹そうに体を縮める玄蔵を見て、言った。

「と、申しましても、すぐにご用意できるものといえば、酒蒸《さかむ》し饅頭《まんじゅう》くらいしかございませぬが」

困ったように、伊茶が俊平を見返した。

「まあ、よいではないか。酒蒸し饅頭は、なかなかに美味いからのう」

俊平は笑って玄蔵に問いかけた。

「伊茶様、あっしは、酒蒸し饅頭が大の好物でございます」

「されば、私が取ってまいりましょう」

伊茶に遅れて部屋に入ってきた慎吾が立ち上がり、急ぎ部屋を出ていった。

「して、玄蔵。さっきの話だ。誰が、いちばん騒いでおるのだ」

「むろん強硬派の筆頭は、ご老中の松平乗邑様です。尾張藩を取り潰すべきと。本家を支える藩は、二家もあればよいなどと、それはもう憤慨なされておられます」

「あのお方は、つねに尾張藩を目の敵《かたき》にされる。やはりな。それで上様は」

「さあ、それはいまだ」

「なるほど、上様はようすを見ておられるのかもしれぬな」

「おそらく、そうかと存じまする」

玄蔵が深くうなずいた。

「尾張は御三家筆頭、上様も処分をそう容易くはお決めなさるまい」

「それに、まだ誰も捕えられておりません」

玄蔵が頷きながら、確認するように言った。

「そうであろう。狙撃者がつかまり、罪を白状しようものなら、尾張藩も、阿蘭陀国との関係も、このままでは済まされぬ。使節団一行も長崎奉行も、責任を取らされよう」

「そういうことになります。それと——」

「なんだ」

真剣なまなざしの玄蔵を、俊平が促した。

「これは、はっきり申し上げておきます。あくまで御前のお指図に従う覚悟でございます」

「それは、どういうことだ」

「御前は尾張藩によしみがございます」

「そうだ。私の剣は尾張柳生だ」

「さすれば松平乗邑様の考えに与《くみ》するつもりはありませぬ。それにこたびの事、尾張藩にも、同情の余地もございます」

「はて、そうかの。上様のお庭番が、そのようなことを申してよいのか」

俊平が、笑って玄蔵をうかがった。

「そうではございませんか。ご藩主宗春公は、上様に反抗して、あのような策を採られたわけではございません。あのお方は、金を廻すための策に、長《た》けておられただけにございます。尾張名古屋ばかりか、江戸の庶民も味方についておりました」

「それはそうじゃな。いずれにせよ、私はこたびの件、宗春様が関与していないことを信じている」

俊平が落ち着いた口調で言った。

「あっしも、そう信じたいと思っております」

玄蔵が、じっと俊平を見つめた。

「お庭番は、尾張藩の動きを、どれだけ摑んでいるのだ」

「尾張藩内のようすは、あれこれ入ってきます。どうやら尾張藩士たちの間でも、沈没船は阿蘭陀船とみる者が多く、なにゆえ阿蘭陀船が伊勢湾を航行しておったのか、不審に思う者が多いそうでございます」

「なるほど。尾張藩内でも、そうした見立てなわけだな」

「へい。それと、長崎奉行所の一行が名古屋に到着し、カピタン一行を尋問したそうにございますが、どうも馴れ合いのように思われます」

玄蔵は、長崎奉行所が怪しいと言いたいようである。

「玄蔵さま、遅くなりました。温めてまいりました」

慎吾が、湯気の立つ酒饅頭を運んできた。

玄蔵が、それを嬉しそうに手に取った。

「それでは、遠慮なく」

と、にやりと笑って口に入れる。

なるほど大の好物らしく、瞬く間に平らげている。

その姿に伊茶が俊平と顔を見合わせ、にこりと笑った。


その日の夕刻、慎吾が首尾よく奥伝兵衛に書状を届け、藩邸にもどってきた。

伝兵衛は、宗春の意向を聞いたうえで、明日返事を届けると書いてよこした。

その翌日、奥伝兵衛の使者の若い門弟が柳生藩邸を訪ね、明日夕刻七つ（午後四時）、藩邸を訪ねてきてほしいと俊平に伝えた。

宗春が、直《じか》に会いたいと言っているという。

翌日、俊平は一人屋敷を発ち、市ヶ谷の尾張藩上屋敷へ向かうことにした。

黒羽二重《くろはぶたえ》の目立たぬ身なりで支度をととのえ、俊平が惣右衛門の見送りを受け、藩邸の玄関を出ようとすると、歳若い女が老いた門衛と問答をしている。

娘は俊平を訪ねてきたらしいのだが、門衛の柵兵衛《さくべえ》が、頑《かたく》なに取り次ぎを拒んでいるようであった。

「これ、柵兵衛。私は客を選り好みはせぬぞ。ことに、若い娘御は大歓迎だ」

そう言って門衛を諫め、娘を見れば、俊平を見て笑っている。

「そなたは、もしや……」

俊平が近づいていき、その娘の顔を見れば、

「はい、長崎屋の文奈と申します」

と娘は言う。

「やはりそなたか。文奈どののことは、伊茶から聞いている。阿蘭陀菓子をたびたび馳走《ちそう》になっておるぞ」

「あなた様が柳生俊平様でございますね。どのような方かと、思いばかりが募っており……、なんとも嬉しうございます」

文奈は、顔を紅らめて上目づかいに俊平を見た。

「じつは……」

文奈が、ふと顔を曇らせて言った。

「なんだね」

「お話があって、うかがいました」

「ならば聞こう。まずは、屋敷に上がってくれ」

文奈を誘って藩邸内にもどれば、見送りに来た慎吾が、

「まことに、よろしいのでございますか」

「よい。徳川様をお待たせするのも一興」

「はっ?」

慎吾が、怪訝な表情をして俊平を見返した。

「よろしいのですか」

と、文奈も不安顔で俊平を見た。

「なに、それくらいのこと、かまわぬ」

あらためて文奈の肩に手を置いて、屋敷に入る。

「まあ、文奈どの」

伊茶が奥から飛び出してきて、文奈を迎えた。

「いちど遊びにいらしたらとお誘いしたのですが、お邪魔になるのでは、と遠慮して
おられました。でも、やはり訪ねてきてくださったのですね」

伊茶が、文奈の手をとって俊平の私室へ誘った。

そのまま、伊茶は茶と菓子を用意しに奥へ立つ。

「そなたは、長崎屋ではお内儀《かみ》の代わりを務めて忙しいと聞く。若いのにようやっておるな」

俊平がやさしく声をかける。

「私など、まだまだ役立たずで、阿蘭陀使節のみなさまにかわいがっていただくばかりでございます」

文奈は、若いが大人びた口をきいた。

「だが、菓子は見事なものだ。藩邸内で、あのような美味いものは食べたことがない、と申す者もある」

「まあ、嬉しうございます。されば、今度は阿蘭陀の酪《らく》を持参いたします」

「酪か、あれは美味いという」

「酪は、奈良《なら》の昔からございましたが途絶えてしまい、今は異国の食べ物と思われております」

「私も異国のものとばかり思うていた」

そう言って、俊平が文奈に顔を向けると、

「文奈さん、今日はちと顔色が浮かないように見えますが」

もどってきた伊茶も、心配そうにその顔をうかがった。

「文奈どのは、なにか気がかりなことがあるのであろうか。話をうかがおう」

遠慮がちであった文奈が、一人藩邸を訪ねてきたのには、それなりの訳があると思えた。

俊平が、真顔になって文奈を見返した。

「じつは……」

文奈は、ふとうつむいて言葉を詰まらせると、

「じつは、父のことなのです」

と言って顔を伏せた。

「源右衛門殿のことか。先日は世話になった。私にできることがあればするぞ」

「はい、じつは……」

「うむ」

俊平は、文奈に膝を寄せた。

「父は、あれで世間知らずのところがあり、罪なこととは知らず阿蘭陀使節に肥前屋の女将を紹介してあげたのです。使節は他藩とも交易がしたいと熱心に申されますので」

「なるほど――」

「阿蘭陀使節は、新式銃を売りさばきたい一心から、西国の諸大名に話を持ちかけたがっていました」

「そうか。カピタンは、私にまで銃を買わぬかと誘いかけてきた」

俊平は、苦笑いして惣右衛門を見返した。

惣右衛門は、険しい表情で息を詰まらせ、文奈の話を聞いている。

「それは、いつのことだ」

「もう、二月《ふたつき》も前のことでございます」

「肥前屋さんは、店の者を使い早速取引のある大名家に話を持ちかけたらしく、カピタンが南国のジャワ国から別便で持ち込んだ五百挺のうち、まず三百挺を西国の諸大名に売り付ける準備を始めました」

「なんとも、困ったことをしてくれたものよ」

俊平は重い吐息を洩らして、伊茶と顔を見合わせた。

「父は、諸藩とも興味本位に数十挺を購入するだけのこと、大したことはないと高をくくっておりました。しかしその後、諸大名は尻込みしはじめ、その三百挺は宙に浮くことになりました」

「そうか――」

「それが、急遽《きゅうきょ》、尾張藩が買うことになったのです」

「それで、銃を載せた阿蘭陀船が、伊勢湾に現れたというわけだな」

「そういうことでございます。父は、将軍家と尾張藩が相容《あいい》れないことをさして深刻には思っておらず、むしろ御三家ならば、徳川本家とさして変わらぬゆえ、構わぬと思っていたそうでございます。ところが、幕府と尾張藩は財政のやり方のちがいから犬猿の仲、こたびの上様襲撃の騒ぎを知り、ひどく青ざめております」

　文奈は、俊平と伊茶をそれぞれに見て、顔を伏せた。

「肥前屋から父のもとに一報が入り、尾張藩の過激派が阿蘭陀の銃で上様を狙ったともっぱらの噂、もうどうしてよいかわからぬ有様で……。場合によっては、獄門《ごくもん》の刑でも済まぬやもしれぬと、夜も寝られずにおります」

　文奈は、不安に耐えられず、懐紙《かいし》を取り出し泣きはじめた。

「さようか」

　俊平も、重い吐息を洩らして惣右衛門を見返した。

「そちは、どう思う」

　俊平は惣右衛門に訊ねた。

「お咎めは、受けましょうな……」

惣右衛門が、低い口調で言った。

「しかし、源右衛門殿のところまで話がゆくか」

「それは、評定《ひょうじょう》の者が阿蘭陀使節を、どこまで問い詰めるかによりましょう」

「阿蘭陀使節に肥前屋を紹介したのはたしかにまずかったが、それを申せば、長崎奉行も同罪だ。上様が、そこまで厳しい処分をなされるか。抜け荷を仲立ちした長崎奉行を問い詰めれば、当然阿蘭陀使節にも罪が及ぼう。しかしそれでは、阿蘭陀国との通商も断つことになってしまう……」

俊平は、ふとそこまで考えて、

「ひょっとすると、こたびはお許しになるやもしれぬな」

と、文奈に言った。

「そうでしょうか」

「上様は、すでに尾張藩を許しておる」

「はい」

文奈が、神妙な面持ちで俊平を見つめる。

「阿蘭陀国の文物や学問を好む上様のことじゃ。尾張藩を追及せずに、阿蘭陀国との商いを断つのは考えられぬ。つまり、新式銃の密売の一件はなかったことになされるのではないか。諸藩に新式銃を売らんとした阿蘭陀使節はけしからんが、まあ、きつく叱りおくというところで事を収められるだろう」

俊平が言えば、伊茶も頷いた。

「そうです。きっとそうなります」

伊茶が、文奈を慰めるように言って、丸めた文奈の背を支えた。

「むろん上様のご存念次第だが、私はそう思う。だが文奈どの、源右衛門殿が二度とそのようなことはなさらぬよう、今後はよく見張っていてくだされよ」

「私が、でございますか」

「そなたは、しっかり者だ」

「は、はい」

文奈は、泣き笑いで顔をくしゃくしゃにしている。その表情にわずかに明るみが差している。

「それにしても、だ」

俊平が、惣右衛門を見返した。

「こたびのことを丸く収めるためにも、宗春公のお腹の内を見定めておかねばなるまいな」

「殿の今宵のお働きが、今後を決めまする」

惣右衛門が頷いた。

「されば、ひと働きしてくる。文奈どの、しばらくこの屋敷で待っていていてくだされ。そうじゃ、伊茶とともに、美味い阿蘭陀菓子でも作っていていただければ、まことにありがたい」

「腕によりをかけ、お作りしてお待ちしております」

文奈が明るい声にもどってそう言うと、伊茶とうなずきあった。

四

俊平が尾張藩邸に到着した時には、すでに夕刻に差しかかっていたが、それほど遅れたわけではなかった。

むしろ、夕闇は人目に付かないだけ好都合でもある。

尾張藩はさすがの大藩だけに、玄関先から大勢の藩士が、出入りしている。

尾張柳生の門弟と、ここで揉めることはできない。

門前の片隅に、柳生藩邸を訪ねてきた若侍が待ち構えていて、

「ささ、こちらへ」

と、急ぎ俊平を邸内に案内した。

若侍は、だいぶ待ちくたびれたようで、欠伸《あくび》を嚙み殺していた。とはいえ、伝兵衛から言い含められ、事情は心得ているらしい。

俊平の通されたところは、御殿ではなく、裏手にある伝兵衛の屋敷であった。百坪ほどの敷地を有する、上級藩士のためのゆったりした構えの役宅である。

玄関では、伝兵衛が出迎えに来た。

「御殿には、門弟が多い。目に留まっては、なにかとまずうござる」

「ご配慮、いたみいります」

俊平が、伝兵衛の配慮に礼を言えば、

「狭いところじゃが、こちらに入っていただこう」

伝兵衛は、十畳ほどの客間に、俊平を通した。

武家ふうの茶室を思わせる鄙《ひな》びた一室で、部屋の隅で茶釜《ちゃがま》が湯気を立てている。

「いやいや、困ったことになった。わが門弟なれど、もはや私には抑えることができぬ」

「小菅では、五挺の新式銃が見つかったと聞きおよびます」

俊平が、困惑をそのまま伝えた。

「見つかっていなくとも、見つかったと吹聴《ふいちょう》する者もいようしな。上様も、わが藩の者が襲ったと見ておろう。いまだお咎めが出ぬのが、逆に不思議じゃが」

伝兵衛が、首を傾げて俊平を見返した。

「上様は、ご老中松平乗邑様ら、強硬派を抑えておられます」

俊平は、幕府内の事情を率直に伝えた。

「そうであったか。ありがたいことよ」

「ただ、乗邑殿やご当家の附家老竹腰正武殿は、ご立腹はなはだしいとのこと。上様も、抑え込むのにご苦労されておられるとか。されば、宗春公のご意向を、いま一度確かめておきたいと仰せられておりました。宗春様に叛意がなければ、なんとか上様のお力で抑えられましょう」

「上様のご配慮じゃな。よしなに頼みます」

奥伝兵衛は、そう言って吐息をもらした。

初老の内儀が、俊平のために茶と菓子を運んでくる。

内儀も心配顔で、その心労のためか、顔色が悪い。

「柳生様。どうか、尾張藩をお救いくだされませ」

茶を膝元に勧めながら、お内儀が言った。

「むろん、できることはすべてやらせていただきます」

俊平も、そう応えるのが精一杯である。

「これ、これ、差し出たことを」

奥伝兵衛が、苦笑いして内儀を諭した。

「いえいえ、藩の方々もご当家も、皆ご心配でございましょう。なんとか、こたびのこと、穏便に抑えねばと思うております」

「尾張藩と徳川本家の溝《みぞ》は深い。易々《やすやす》とは、いかぬことじゃが」

奥伝兵衛が、重い吐息をもらした。

「本家とご当家のしこりも水に流さねば、このままでは尾張藩はやっていけませぬ。天下太平は、なにより万民のため。争いは避けねばなりませぬ」

「されば、よろしうお頼み申し上げまする」

内儀は平伏し、不安げな表情のまま立ち去っていった。

「ところで、そなた。東藤と立ち合ったようじゃな」

「はい。尾張藩の方々は、みな強豪にて、あやうく命を落とすところにござった」

「さようか——」

　奥伝兵衛が、苦笑いを浮かべて俊平を見返した。

「ことに東藤殿の切り返しは、思いも寄らず素早いもの。不覚をとりました」

　俊平は、飾ることなく、無念の思いを伝兵衛に伝えた。

「伝七郎は強い。あれは、容易く勝ちを得ることのできる相手ではない。同じ尾張柳生を修めるこのわしとて、手を読まれてしもうているだけに、対策は難しい」

「さようでございましょう。次は、よほどの工夫を凝らさねばなりませぬ」

「わしも、工夫の手をあれこれ考えてみたが、容易には思い当たらぬ。あ奴の切り返しの素早さは天性のものだ」

「なあに、勝ち負けは時の運でござる。次はなんとかしたいと思うております」

　俊平が笑って言えば、

「そなたのことだ。きっと、思いつこう。私は、もう老いた」

　奥伝兵衛も、苦笑いして俊平を見返した。

「して、宗春様でござりまするが……」

　俊平は、気になる話を率直に切り出した。

「うむ。只今、中奥のご寝所におられる。そなたが目通りを願っているとお伝えすると、いたく喜んでおられた。上様との間をぜひとも取り持ってほしいと申されておった」

「はて、寝所に。お訪ねして、よろしいのでしょうか」

「このところ、いささか気落ちなされておられてな。気鬱《きうつ》ゆえ、床《とこ》に伏せておられることが多い。じゃが、あのご気性ゆえ、そなたが寝所を訪ねたところで、気にされるようなことはない。ただ、驚かぬように言っておくが、伏せておられるのは、南蛮ふうの寝台の上じゃよ」

奥伝兵衛は、笑った。

「宗春様らしうございます」

「ぜひ会いたいと申されての。待ちかねておられるぞ。いや、今はそなたのみが頼み、とまで申されておられた」

「身に余るお言葉でございます。しかし、私にできることはかぎられております」

「じゃが、両者の心を知り、それを上様に伝えられる者は他におらぬ」

伝兵衛が真顔になって言う。

勧められた茶が旨い。

「されば、さっそく私が案内いたそうか」

奥伝兵衛は、茶を飲み終わった俊平を見て取ると立ち上がり、振り返って俊平を先導した。

御殿は暗い。

この刻限ゆえ、人影もまばらであったが、擦れちがう藩士が誰であろうと、俊平をうかがう者もある。

前方からこちらに向かってくる一人の藩士が、おっと小さく声を上げて立ち止まった。

どうやら、柳生道場の門弟らしい。

奥伝兵衛が脇にいるため、騒ぎ立てることもできず、憎々しげに睨み据えて立ち去っていった。

「おお、柳生か。よう、まいったな」

壮麗《そうれい》な南蛮ふうの寝台の上で、徳川宗春は横を向き、なにやら考え事に耽っていたが、小姓に率いられて俊平が入室すると、元気を取り戻し、寝台の上で上体を起こした。

「これは、宗春様。お加減はいかがでございますか」

俊平が一礼し、笑顔で近づいていくと、宗春は寝台の上で体をずらせ、ここに座れと手招きした。

「じつはの、このところ、どうも元気が湧かぬ。なにをすることもなく、このように寝台でごろごろすることが多くなった。歳じゃ」

宗春は寝台の端に座った俊平を見返して笑った。

「なに、病は気からと申します。鬱な気分でお過ごしになれば、知らず知らずに元気も失せてしまいましょう」

俊平は、寝台の端から宗春を見ながら言う。

「このところ、気のふたがれることばかりが生じての」

憂鬱そうに宗春が言う。

「さようでございますか」

「このところ、わしの政の歯車が、次から次に狂いだしての。金ばかりが出ていき、台所が思うように廻らぬ」

「よい時も、悪い時もあるのが政というものと申します。上様も、頭を抱えておられます」

「いやいや、知恵が回らぬのは、歳をとったせいかとも思う」

「なにを申されます。まだまだそのようなことを申されるほどのお歳ではございませぬぞ」

　俊平は塞《ふさ》ぎ込む宗春を元気づけた。

「いや、はや老いたようじゃ。時ばかりが、時々刻々《じじこくこく》と過ぎていくようでの。人の世は、まことに早いものと思う」

「そのこと、じつはこの私も日々感じておるところでございます」

　くすりと笑って俊平が言った。

「そなたこそ、まだまだこれから。花の盛りじゃ」

「私ごときに、どのような花が咲きましょう」

　俊平が、薄く笑って宗春を見つめた。

「それより、柳生殿――」

　宗春が真顔になって俊平を見返した。

「なんでございましょう」

「こたびは、まことに難儀をしておる」

「ご当家の一部藩士の動きでございますな」

「乱暴者でな。手がつけられぬ」

宗春は、苦虫を嚙み潰したような顔をして俊平を見返した。

「殿をもってしても、抑えられませぬか」

笑って、俊平が宗春に言った。

「あの者ら、藩内ではそれなりに一派を形成しておってな。奴らに与《くみ》する家老も数人おる。そうなるとおいそれと手が出せぬ」

「はて、それは困りましてございまする」

「老中の松平乗邑や附家老の竹腰正武など、なにかと当藩に難癖《なんくせ》をつけてきて、藩士を怒らせておる。幕府のやり方には、正直このわしも腸《はらわた》が煮えくり返ることもあるがの。さりとて、上様のお命を狙うなど言語道断《ごんごどうだん》の所業じゃ」

「こたびは、襲撃時に捨て去った新式銃が発見されれば、これが二度目となり、尾張藩には重いお沙汰《さた》が下されるものと……」

俊平は、言って顔を伏せた。

「逃げも隠れもできぬことじゃ。上様のご容態は」

「弾は逸れ、命にかかわる事態とはなっておりませぬが、浅い傷を負われております」

「それはいかん。して、柳生殿、率直のところ、上様はこたびのこと、どのようにお考えなのじゃ」

「襲撃に及んだご藩士には、怒りを覚えておられましょうが、宗春様の命令によるものではないと、判断されておられるごようす」

「それを聞き、安堵した。わしは、まったく知らなかったのだ」

「むろんのこと。ただ、こたびばかりは、なんの処分もせぬまま放置することは、難しいのではないかと思われまする」

俊平は率直に言って、吐息を洩らした。

「はて、さて、そうであろうな。とはいえ、処分なれば、狙撃者の切腹よりほかあるまい……」

「下手人《げしゅにん》は、すでに判明しておられますか」

「数十名が、揃って私がやったと申しておるがな。既に見当はついておる。犯行に及んだは、銃の数から五名と推定される」

「いたしかたござりませぬな。その旨、上様にそのままお伝えいたしまする。いずれ、幕府の追手がかかりましょう」

「そうなる前に、全員に腹を切らせるよりあるまい」

宗春が思い定めたように言った。

「断腸《だんちょう》の思いとは存じますが……」

「なに、そうするより他にないのじゃ」

宗春が悲しげに言った。

「こたびは、止むを得ぬことと存じます。死罪以外には、もはや逃れる道はござりますまい」

「うむ、わかっている」

宗春は、しばし額に皺《しわ》を寄せて考えていたが、

「されば、そなたに相談なのだが――」

俊平に向き直り、その顔をうかがった。

「その者らは、尾張柳生の剣士じゃ。せめて、そなたの手で討ち取ってはくれまいか」

「はて、この私が――」

俊平は苦い思いを抑えて、宗春を見返した。

「この役、そなたしかおらぬ」

宗春が、俊平の手を取った。

「これで、あの者らも名誉の死が迎えられよう。そうしてやりたい」

宗春は、自分のために、そして尾張藩のために、吉宗に銃を向けた藩士に、腹を詰めさせることはなんとも忍びないらしい。

「そのようにいたすしかありますまい」

俊平は、宗春の気持ちを考えれば、そうしてやるより他にあるまいと思った。

「聞き入れてくれるか、柳生殿」

「これも、柳生新陰流の頭領たる私の定めやもしれませぬ」

俊平は言ってもう一度頷いた。

「これで、あの者らもきっと本望であろう。不憫《ふびん》じゃがな」

宗春は、はらはらと涙を流しはじめ、子供のように寝台の上掛けで拭った。その姿を見て、俊平はただ頷くよりない。

「試合はいつ」

「うむ。早いほうがいい。なにぶんこたびのこと、幕府が動く前に藩内で決してしまいたい」

「されば……」

「うむ。頼む」

宗春は悲痛の眼差しで、俊平を見つめ、しっかりとその手を握った。

五

柳生俊平は、市ヶ谷の尾張藩邸から屋敷にもどると、すぐに表門横の道場に向かった。

蠟燭《ろうそく》のみがぽつりと点《とも》る薄闇のなか、付いてきた慎吾を相手に竹刀を握る。

「久しぶりに相手をするぞ」

そう言うと、慎吾は俊平直々《じきじき》の指導に、胸を高鳴らせた。

このところ慎吾も日々の鍛錬が実って腕を上げ、道場では五本の指に入るほどの強豪に育っている。

それは、対峙《たいじ》して竹刀を向けさせただけでわかる。

ひ弱さが微塵《みじん》もなく、竹刀の先が、ぴたりと俊平の喉元《のどもと》に向かっている。

「さあ、遠慮なく撃ち込んでこい」

「はい」

気合とともに、慎吾は竹刀を上段に撥《は》ね上げ、すっと前に出た。

体は乱れることなく、鋭い剣先が俊平に向かってくる。

俊平は、撃ち込んできた竹刀の切っ先をぎりぎりまで引きつけ、さっと体《たい》をかわした。

相手が反転して、俊平の反撃から逃れるゆとりを与えないためには、相手の動きをぎりぎりまで待ち、素早く刃を返さなくてはならない。

そのためにはまず、斬られる寸前まで相手を引きつけねばならなかった。

その稽古を、俊平は慎吾に命じて幾度も重ねた。

時に、慎吾の竹刀が俊平の肩に激しく当たる。

「大丈夫でございますか――」

慎吾が狼狽《ろうばい》し、俊平の顔をうかがった。

「なに、大丈夫だ。だが、まだまだちょうどよい転機が摑めぬ。少し間があれば、相手はすぐに退こう。なにか動揺を与えるような、相手の動作が遅れるきっかけを作りたいものだ」

「はい。相手の刀をかわすと同時に殿も反転できれば、相手の動きに機先を制することができましょう」

「だが、それは、なかなか容易ではない」

俊平はふっと吐息を洩らし、手拭いで額の汗を拭った。

「たたけば、こちらの足の動きも止まる」

「まず、体をかわし、相手に虚空を斬らせて、その後、その刀をたたけば、相手は動揺いたしましょう」

「それはよいが、かわすこちらの傾きで、刀がふらつこう」

「さようで、ございますな……」

慎吾も、困ったようにうなずいた。

「剣術というもの、前後の動きは活発だが、左右には動きにくいものだ。左右に体の軸を移しつつ、かつ自在に刀を振るうのは、まことに難しいのだ」

俊平が説くように言えば、慎吾も頷くばかりであった。

「重たい刀とともには、体は自在に動きませぬ」

「されば、今の稽古を真剣で試みてみよう」

「真剣でございますか」

慎吾は、不安げな眼差しで言った。

俊平は、かまわず慎吾に真剣を持ってこさせた。俊平も、道場脇の師範の部屋から、愛刀肥前忠広《ひぜんただひろ》を取ってくる。

「さあ、撃ってくるがよい」

「そのように待っておられては、危のうございますぞ」

「そちが、寸止めにすればよい」

俊平が、笑って慎吾を促せば、

「しかし……」

「よいのだ」

慎吾は不安そうな顔で、刀を上段につけた。

「激しく撃ち込んで来い」

命ずるように強く言えば、慎吾は勢いよく撃ち込んでくる。

それを、体を左から右に傾けると同時に、相手の刀をたたく。

「これは、まずいな」

俊平が残念そうに言う。

撃ち込んでくる慎吾の刀をたたくことはできるが、動作は遅れ、体勢も崩れる。重い刀身を自在に操《あやつ》るのは、容易でなかった。

「遅いの。これでは、反転して斬られてしまう」

「は、はい」

慎吾は、困惑を隠さずに頷いた。

「もうひとつ工夫が必要だ。外で頭を冷やそう」

「はい、お供いたします」

俊平は、お忍び姿の黒羽二重に着替え、慎吾を伴って夜の町に出る。

向かう先は、例によって深川である。

駕籠《かご》を拾う。

「飲むか――」

「それはよいのですが……」

慎吾は、さきほどのことが気にかかっているらしい。

「じつは、私もだ――」

俊平は、にやりと笑った。

「そなたは、生真面目《きまじめ》な男よな。されば、もうしばらく、私につきあってくれるか」

「むろんでございます」

慎吾を誘って、店には入らず深川の町を散策する。

この町は不夜城《ふやじょう》のごとく賑やかで、芸者や酔客が生き生きとして蠢《うごめ》き、女たちの嬌《きょう》声《せい》の絶えることがない。

ひしめく大小の料理茶屋も、煌々《こうこう》と灯りが点っている。

「ちと、ここはまばゆ過ぎるな」

俊平は慎吾を誘って町の北、本所《ほんじょ》方面へ向かう。

横川《よこかわ》の掘割に沿って、ゆったりと夜道を進んでいく。

町を離れその辺りまで来れば、人通りはすこぶる少なくなる。

「問題は、あ奴の刀の重さをどう消すかじゃな」

俊平は、春の夜風に鬢《びん》を靡《なび》かせながら言った。

「はい。しかし、真剣はやはり重うございます」

「うむ――」

俊平は、わずかに眉をひそめた。

前方、夜の闇の向こうから、女ばかり数人がそぞろ歩いてくる。

酒が入っているのだろう。上体が揺れている。

「いいご機嫌だな。界隈《かいわい》の芸者であろうか」

と一瞬見えたが、よく見ると、そうではなさそうである。この辺りの芸者は、俗に〈深川の男芸者〉などと呼ばれるように、羽織《はおり》姿で気性も荒い。

だが前方の女たちは、縞《しま》の着流しで、しかも腕を組んでいる。

「妙な女たちだな……」

俊平が言った。

「上体は揺れておりますが、酔っているにしては、足腰はしっかりしておりまする」

慎吾が言う。

「いちおう用心したほうがよい。刺客《しかく》ということもある」

「はい。されば、刺客を放ったのはいったい誰なのでございます」

「さてな」

両者の間がみるみる狭まってくる。女たちは両袖《りようそで》に手を入れ、肩を揺らしながら二人に近づいてくると、ぴたりと足を止め、

「旦那方、遊んでいきませんか」

と、声をかける。

「いらぬ」

俊平は、即座に応えた。

どうやら、夜鷹《よたか》の一団らしい。

「不景気な侍だよ。さっさと消えちまいな」

女の一人が、振り返りざま捨てぜりふを吐いて、過《よぎ》っていった。

「なんです、夜鷹ばかりが五人。あんなのは、初めて見ました」

慎吾が、険《けわ》しい眼差しを女たちの背に向けて言った。

「なに、あれは、ただの夜鷹ではない」

俊平が言った。

「では——？」

「あの足腰には厳しい鍛練《たんれん》の跡がある。やはり、刺客であろうよ」

「しかし、刀も持っておりませんでした」

「刀がなくても、懐《ふところ》に忍ばせた匕首《あいくち》は使えよう。だが、さすがにこちらに隙がなく、討ってこられなかったのだろう。けっして、油断はならぬぞ」

「はい、心得ております」

「それよりも、あの女たちは、いずこの者であろうな。あのように身軽な動きをする者を見たことがない。まるで忍びのようだ。上半身は、酔人のように揺れておったが、腰は微動だにしていなかった」

「俊平さま、前方をご覧ください」

慎吾が、なにかに気づいて足を止めた。

提灯《ちょうちん》を持つ酔客が、こちらに向かってやってくる。

暗闇に紛れて、その面体まではわからなかったが、浪人者らしい。

それだけではない。浪人どもは女を抱きかかえていた。

「あれは――」

刀の柄《つか》に腕を乗せ、酔客が抱えているのは先程の夜鷹であった。

「また、現れたな」

俊平が言った。

浪人は、俊平らの前でぴたりと足を止めた。

間合いは半間――。

「柳生先生で、ございますね」

皮肉げな口調で男の一人が訊ねた。骨格の逞《たくま》しい、大柄な男である。

「いかにも。そなたらは」

「私らは、甲源一刀流《こうげんいっとうりゅう》を修める者にて、かねがね天下に名高い柳生新陰流とは他流試合がしたいと思っておりました」

隣に立つ、眼窩《がんか》の窪《くぼ》んだ眉の濃い男が言った。

「女を抱いて他流試合か。断る」

俊平がきっぱりと言った。

「逃げるのか」

頭を剃《そ》り上げた、別の小柄な男が言う。

「逃げはせぬ。ただ、立ち合いはしたくないと言っただけだ」

「不甲斐《ふがい》ない。将軍家剣術指南役と聞いているが、やはりただのお飾りか。元を糺《ただ》せば、久松松平家の十一男と聞いた。どうせ、刀の持ち方も知らぬ木偶《でく》の坊《ぼう》であろう」

男が、俊平を挑発するように言う。

「なんとでも申すがよい。どうやらそなたら、私への刺客と見たが。雇い主は何者だ」

「さあてね。おれたちは、金と女にありつければ、それでいい。雇い主の素性《すじょう》など、知りたくもねえ」

「ならば、そこの女たちに、雇われたとでも言うか」

「そうだよ。あたしたちが雇ったのさ。一人三十両。それだけ払えるお方といえば、そうそういないよ」

女の一人が言った。

「大そうな金額だな。それが、ただの木偶の坊を倒すのに払う金とも思えぬ」

「おまえは幕府の影目付。こそこそと陰に廻って、幕府に逆らう者を嗅《か》ぎまわる鼠《ねずみ》のような奴だ」

「己たちが正しいと思っているのなら、正々堂々と正体を明かすがいい」

「影目付に正体など明かしてどうする。それでは吉宗の思う壺《つぼ》。影目付を、闇から闇に葬るだけのこと」

浪人どもに抱かれていた女たちが、ゆっくりと離れていき、浪人たちは、鞘《さや》を鳴らして一斉に抜刀した。

「やむをえまい。私のことを、影目付と邪魔《じゃま》に思う者は多くはない。阿蘭陀人使節の刺客とは思えぬ。長崎屋も然《しか》り」

「ならば、誰と思う」

「女の刺客を仕向け、大金で武芸者を雇う財力を持つ者といえば、察しがつく」

男たちが、あるものは八相に、あるものは中段に構え、間合いを詰めてくる。

それに合わせて、女たちが懐中から匕首を抜き払い、逆手《さかて》にとって身構えた。

「まいる！」

前方の浪人者が、真っ向上段から、激しく撃ってきた。

だがそれより先に、俊平が滑るように前に出て、男の撃ち込みを斜めにかわし、体を入れ替えて男の肩を打った。

峰打ちである。

腕のちがいに気づいた浪人どもが、うっと呻《うめ》き、動揺して遠ざかった。

身を低く沈め、三間の間合いを取って弧《こ》を描く。

「どうした。私は木偶の坊で、飾り者の剣術指南役と申しておったが」

「小癪《こしゃく》な」

強靭《きょうじん》な肉体の男が言う。

尻込みする浪人者らに代わって、女たちが前に出た。

同時に、女たちは提灯の灯りを吹き消した。

「慎吾、気をつけよ。この女たちの匕首は、おそらく飛び道具だ」

駆け寄り俊平に並んだ慎吾に、小声でつぶやいた。

川沿いの小路に、人家も遠く、闇は深い。

なにかが放たれたようであった。

キーンと高い金属音が闇に轟《とどろ》いた。

女の放った匕首を、俊平の刀が弾いている。

続いて、二撃、三撃、立てつづけに匕首が放たれるが、それを俊平と慎吾が、巧みに弾き返した。

「うっ！」

浪人どもが、それを見てさらに退いた。

夜陰でほとんどなにも見えないなか、巧みに匕首を弾き返す俊平らの腕に、舌を巻いたらしい。

「散れ！」

頭目らしい男が囁《ささや》くと、仲間の浪人たちが、闇に溶けるように草履を滑らせて、消え去っていった。

「だらしがないねえ」

女が、闇のなかで呟いた。

「しかたないさ」

別の女が、投げ捨てた提灯を拾って立つ。

その顔は、亡者のように青白い。

「雇われ者は、金だけ取ったら、知っちゃいないのさ」

「おまえたちは、どうなのだ」

俊平が訊ねた。

「あたしたちはお頭《かしら》に、いつだって命を捧げているよ」

提灯を持つ女が言った。

「それは、立派なものだな。そなたら、大海原を海賊として生きておるのか」

「知らないよ。今宵は、これくらいにしておく」

「でも、あたしたちを邪魔だてする者は、容赦なく地獄に沈める」

隣の女が、提灯を拾って言う。

「恐ろしいことを言う。黒揚羽によろしく伝えてくれ。いちど、ゆっくり酒を飲みたいとな」

闇に、舌を打つ声が轟いた。

「ゆこう、慎吾――」

俊平がゆっくりと歩きだした。

六

「伝七郎様、いつまでもくよくよなさっておられるのは、あなたらしくございませぬ」

肥前屋の女将黒揚羽は、尾張藩士東藤伝七郎の肩に擦り寄り、頬を乗せて言った。

「しかし、失敗は失敗だ――」

ずにいる。

伝七郎が、膝をたたいて悔しそうに言った。

吉宗襲撃が失敗に終わり、伝七郎はこのところ悔しさで夜もあまり眠ることもできずにいる。

「機会は、またきっと訪れましょう。吉宗は大の鷹狩り好き、また懲《こ》りずに狩場に向かうはず。その時を待つのです。銃は、まだまだいくらでもご用意できましょう」

「まだ、下屋敷の武器庫にも、三十挺余り残っている」

「それだけあれば、何度でも狙えるではありませぬか。また、肥前屋の船にも三挺余り、いつでも下屋敷に運べます」

黒揚羽は、伝七郎の襟元《えりもと》に指を差し入れ、その肌の温もりを愉しむようにして言う。

「目立つことは当分できぬ。できることは、こうしてそなたと睦《むつ》み合うくらいのことよ」

「それはまた、うれしいうございます」

黒揚羽は、伝七郎のぬらぬらとした指を取って、唇に寄せてから、

「でも、あたしはあいつが憎い」

と言った。

「あいつとは……」

「柳生です。柳生俊平、あの晩、下屋敷であたしたちの邪魔をした」

「あ奴なら、腕は見切っておる。いつでも倒せる。将軍家剣術指南役とはいえ、お雇い藩主、剣の腕はさほどではない」

「それなら、一気に倒してくださいませ。あの夜の悔しさをあたしは忘れられませぬ」

「そうか――」

伝七郎はにやりと笑って起き上がると、片手に黒揚羽の手を握ったまま右手に盃を取った。

酔いが、心地よいらしい。

盃のなかは、琉球の酒であった。

「おまえは強い女よの。この酒のように」

伝七郎は、黒揚羽の顔を手で引き寄せ、頬を吸う。

「いいえ、あたしは弱い女、ほんとうに強いのは、伝七郎さま」

「憎きは将軍吉宗。尾張藩はあの男に呪《のろ》われている。必ずあの増上慢《ぞうじょうまん》の鼻を明かしてやる」

「まあ。鉄砲が出てきたという噂も出ておりますよ。あの辺りの海女《あま》は腕達者。次は慎重にやってくださいませ」

「おれは、いつも慎重だ。だが、こたびは、沈んだ難波船から足がつくこともあろうな。遭難の現場を漁師に見られておる」

「しばらく静かにしていれば、騒ぎも静まります。幕府は阿蘭陀との関係から、事をあまり大きくしたくないはず。それに吉宗は案外、宗春様贔屓と聞いております」

「さてな。だが、そなたもしばらく抜け荷ができなくなった」

「いいんですよ。あたしの抜け荷は、いつも遥か沖合でやっています。幕府の船なんか近づいたこともないんですから」

「九州の大名は、そなたの蔭でずいぶん助かっていると聞く」

「それに、いざとなったら長崎奉行の窪田さまが、なんとかしてくださいます」

「長崎奉行か。そなたとは、仲がよいの」

「妬《や》けますすか」

黒揚羽がすり寄って上目づかいに伝七郎を見た。

「ちとな」

伝七郎はそう言って、黒揚羽の唇を吸った。

「あたしの大切な人は、伝七郎さまだけ……」

喘ぎつつ、黒揚羽が言う。

「さ、今宵はゆっくりと――」

黒揚羽が、伝七郎の盃に強い琉球の酒を注いでいく。

「こうして見れば、おまえは巷《ちまた》でよく見かけるただの好き者にすぎぬ。とても西国を股にかける海商とは思えぬ」

「そう言っていただければ、嬉しうございます」

また、黒揚羽が伝七郎に縋《すが》りついた。

「襲撃の証が見つかったら、その時は、その時……。伝七郎様はあたしと西海に逃れましょう」

「はは、海賊となって暮らすのか。それもよいな」

「あたしたち、強い海賊になれそう」

「そなたは、すでに西国の諸大名を手玉に取り、西の海を我が手に納めているらしい」

「まあ、そのような……」

「西国大名は、まだ先年の飢饉から立ち直れず、きゅうきゅうとしておる。そなたに頼らざるを得ぬのだ。そなたは西国の海賊王のようだの」

「海賊などではございません。武力で他国に攻め入ることもありません。人さまを殺めたこともありませぬ……」

「じゃが、禁を犯して、抜け荷をし、幕府の目を盗んでおる。海賊も同然の所業ではないか」

「そうかもしれませぬ」

「いっそのこと、共に吉宗の徳川を倒し、天下を取るとするか」

「大きく出られましたな。その暁《あかつき》には、よい思いをさせていただきます」

黒揚羽が身を伝七郎にあびせかけた。

それをあらためて抱きとめ、その上にあびせかかり、ごろりと回転すると、また伝七郎が上になる。

「西国か――」

「南の海は広うございますよ。琉球、台湾《たいわん》、呂宋《ルソン》、伝七郎さまに相応《ふさわ》しい土地がきっとありましょう」

じっと伝七郎を見上げて、黒揚羽が笑った。

「そなたと話をしていると、憂いが吹き飛ぶわ」

伝七郎はしきりに黒揚羽の唇を吸い、その襟元に手を入れる。

「今宵は、まだまだ宵の口。南国の酒に酔い、その後は肌と肌を合わせて、眠りましょう。明日は明日のこと、今宵は二人蕩《とろ》けるようなひと夜を……」

「よいな」

伝七郎は、また黒揚羽を力強く抱き寄せ、その豊満な肢体に体をあずけていくのであった。

第五章　秘剣影抜き

一

柳生俊平が、江戸柳生の道場師範の立場で、尾張藩の尾張柳生道場に招かれたのは、それから三日の後のことであった。

むろん、尾張藩内の尾張柳生との交流が名目であったが、本来の目的は俊平もわかっている。

命懸けの試合となることはわかっていた。東藤伝七郎には、俊平は一度敗れている。

次は、負けられなかった。だが、勝てる保証はどこにもない。

俊平は前日の夜、入念に愛刀肥前忠広の目釘《めくぎ》を外し、茎《なかご》をあらため、しっかり手入れをし、鞘《さや》に納めた。

その後、俊平は一人道場にいた。伊茶が、背後からずっと俊平のようすを見守っている。

俊平は尾張藩主徳川宗春を思い返した。

尾張藩主徳川宗春は、俊平の命が危ういことなど知るすべもなかった。

東藤以下五人に尊厳ある死を迎えさせてやればよいとのみ願っている。

俊平が既に尾張藩下屋敷を訪ねており、その折東藤伝七郎と遭遇して危うく命を落とすところだったことなど、知る由《よし》もなかった。

「俊平さま、いよいよ明日にございますな」

ずっと俊平の稽古を見ていて黙っていた伊茶が、背後から声をかけた。

「よい試合となればよいの」

微笑みかけた。

「今日は、ずっと道場に籠もっておられましたな。それを見て、私は心配しておりましたが、今ようやく安堵いたしました」

伊茶が俊平に微笑みかけた。

「なぜだ」

「あなたさまは、さまざまな型を工夫され、今ようやく稽古を終え、吹っきれたようなお顔をされておられます」

「なに、真剣の勝負だ。いわば一期一会《いちごいちえ》の戦い、やってみねばわからぬ」

俊平は、静かに言った。

「それより、明日、連れて行く者がまだ決まっておらぬな。相手は五人と聞く。私は、東藤伝七郎との勝負となるが、他の四人の相手には、それぞれ本道場の者が当たる。新垣と惣右衛門、あとは慎吾と岡部一平か。あ奴もまだ、三十路《みそじ》を超えてはおらぬが、進境は著《いちじる》しい」

「はい。道場でたびたび手合わせしておりますが、私も三本に一本は落とします。私も、まいりとうございます」

伊茶が一歩前に踏み出して言った。

「いや、そなたは残っておれ。これは、柳生新陰流の戦いだ」

「しかし、私の剣はもとは一刀流《いっとうりゅう》なれど柳生新陰流も修めております」

「いや、そなたの剣はあくまで一刀流だ。そなたは、それゆえ公平な立場で、東西の新陰流を見ることができよう。勝負の行方を、しっかり見届けてほしい。江戸柳生が勝つか、尾張柳生が勝つか、私ははっきりさせたい」

「やむをえませぬか」

伊茶は、静かに頷いた。

瞳《め》に涙を浮かべていたが、拭おうともしなかった。

二

翌日、柳生俊平は師範代の新垣甚九郎と用人梶本惣右衛門、さらに森脇慎吾、岡部一平の四人を伴い、市ヶ谷の尾張藩邸を訪ねた。

試合の行われる御殿脇の道場では、尾張藩主徳川宗春をはじめ、主立った重臣がずらり床几《しょうぎ》に居並んで道場の中央を睨んでいる。

「柳生藩より、ご藩主柳生様他四名の方々がまいられました」

若い尾張藩士が、俊平らの訪問を高らかに告げた。

道場後方に用意された部屋で着替えを済ませ、揃って道場に向かう。

神棚を背に上座に居並ぶ藩主徳川宗春らに一礼し、道場中央に目を向ければ、尾張柳生の新陰流を修める五人の門弟が、じっとこちらを凝視《ぎょうし》している。

その表情は、青ざめて血の気がなく、目が据わって物凄い形相《ぎょうそう》である。

一様に死を覚悟した目である。

「されば、みな退《さが》っておれ」
中央に立つ東藤伝七郎が、仲間の男たち四人に言った。
すでに打ち合わせはできているのであろう。四人は、黙って引き下がった。
「さればまず、私がお相手する」
東藤伝七郎が、冷やかに柳生俊平の前に出た。
審判を務める初老の藩士が、険しい表情で両者を見返すと、
「こたびの試合、真剣勝負といたす」
と、宣言した。
伝七郎は当然のことのように頷き、後方の四人も、異を唱える者はいない。
両者、五間を置いて対峙した。
俊平は、腰に修めた愛刀肥前忠広の鯉口《こいぐち》を静かに切り、ゆっくりと鞘走らせると、
その剣を静かにぴたり下段につけた。
東藤伝七郎も、ほとんど同時に抜刀し、その刀を中段につけ、微動だにしない。
まずは、俊平が動くのを待つつもりらしい。
俊平はそれに乗ぜず、動かなかった。
睨み合いがつづく。

道場はぴたりと静まり返り、息を呑む気配さえない。
俊平は、下段の刀をゆっくりと上げ、中段に移した。
わずかに隙を作り、伝七郎を誘う。
伝七郎は、刀を八相《はっそう》に移した。
両者はふたたび動かない。
さらに睨み合いはつづいた。
道場は緊張の極みにあり、吐息さえ聞こえることはない。
初老の審判が両者を促すようにわずかに動いてみせた。
伝七郎が、いきなり化鳥《けちょう》に似た気合を放った。
「おう」
俊平が低く応じる。
「やはり――」
俊平は、伝七郎の目を見た。
まちがいはない。死を覚悟した者の目であった。
だが、俊平に斬られる覚悟ではない。
そうではなく、俊平を斬り捨てた後、潔《いさぎよ》く宗春の面前で腹を切るつもりの覚悟であった。
伝七郎にとって、藩の事を思えば、死を選ぶよりすべはない。
それゆえに伝七郎は、死の前、その尊厳のため、全力で俊平に向かって来よう。
命を捨てた者の剣は凄まじい。
俊平は前に出た。
ゆっくりと柄《つか》を握る左右の手を、近づけていく。刀身の重さが両手首にかかった。
伝七郎は、怪訝そうに俊平のその手元を見た。
ゆっくりと、伝七郎が前に出る。
間合いは、三間に詰まっている。
伝七郎の顔は蒼白であった。
死が近いことを予期した顔であった。
だが、俊平には負けたくない。
それが伝七郎のなかで激しい生死の淵のせめぎ合いとなっていた。
俊平は誘いかけるように、刀を斜めに下げ、そのまま前に踏み出した。
「けや――ッ!」
伝七郎が、猛然と袈裟懸けに撃ち込んでくる。

怒濤《どとう》の一撃であった。

刃先が、俊平を真二つに裂こうかと見えた刹那《せつな》、俊平の身体の傾斜が左から右に移った。

同時に、俊平の刀が右から強烈に伝七郎の刀をたたいている。

その時、俊平の刀は、またすぐにもどり、伝七郎に向かっていた。

思いがけない身軽な刀身の動きであった。

重い刀の柄を、左右の拳を離して握っていたのでは、そのような素早い動きは到底できない。俊平は右に体を傾け、右から伝七郎を袈裟に斬っていた。

その一撃で、伝七郎の巨体が俊平の刃を受け、ぐらりと揺れて沈んでいった。

俊平の素早い太刀さばきに、一瞬道場内に、呆然《あぜん》とした気配が拡がった。

伝七郎の遺体は、尾張藩士の手によって手早く片づけられた。

道場は緊張の只中、溜息すら聞こえてこない。

審判の手が俊平に上がった。

「次――！」

柳生道場の師範代新垣甚九郎が一歩前に出る。

尾張藩士二宮連二郎《にのみやれんじろう》の名が呼ばれ、同じく一歩前に出た。

だが、甚九郎の目に、尾張藩士の顔がひどく白い。死人の形相であった。

その男は、やや前のめりになって、一気に新垣の前に出た。

数合打ち合い、素早く退《ひ》く。

腕は互角かと見えた。

だが、二宮は、戦意を失っていた。

「手合わせ、有り難うござった」

二宮は新垣に一礼し、今度は、沈み込むように道場に座り込んだ。

いきなり、刃を腹に当てる。

「もはや、これまで」

そう言って、そのまま木偶《でく》のように崩れ果てた。

それに合わせて道場内からつぎつぎに声が上がる。

もはや、残った三人は死を前に闘いの気力を失っている。刀を抜き払い、それぞれ宗春に顔を向けて一礼し、いきなり刀の刃先を自分の腹に向けた。

揃って、前のめりに崩れていく。

道場内のあちこちで、むせび泣く藩士の声がこだました。

身動きする者とてなかった。

俊平も四人の江戸柳生の門弟たちも、ただ立ち尽くしていた。

徳川宗春が無言のまま立ち上がり、血を吐いて崩れた男たちに歩み寄ると、それぞれの骸《むくろ》に手を合わせ、その瞼《まぶた》を閉じてやった。

宗春は涙の流れるまま、拭こうともしなかった。

「殿――ッ！」

道場のあちこちから、叫ぶ声が上がる。

宗春は、その声に振り返ることなく三度頷き、道場中央に立つ俊平に一礼した。

藩士が、つぎつぎに飛び出して男たちの骸を運び出していく。

「これで、上様は許してくださろうかの、柳生殿」

宗春が、俊平に歩み寄って訊ねた。

「きっとお許しになられましょう。上様は、宗春様のお気持ちがよくわかるとおっしゃっておられました。宗春様のお気持ちに免じて――」

「そうか、そうか」

宗春が、双眸《そうぼう》に溜めた涙を初めてその腕で拭った。

その日、俊平ら五人は、通夜の席をいつまでも立ち去れなかった。

三

「今日の稽古は、容赦ないの」

吉宗が、苦笑いをして俊平を見返した。

吉宗も俊平も、顔にしたたる汗を拭おうともしない。

道場には、吉宗のお小姓らが十名のこらずつめているが、道場中央での二人の激しい稽古風景に言葉を発する者もない。

城の西、吹上《ふきあげ》にある道場では、いつものように俊平が吉宗に稽古をつけており、その風景は変わらないが、この日の俊平の稽古は異様な熱を帯び、相手が将軍であることを忘れているように見えるほどである。

吉宗は幾度も竹刀を弾かれ、道場の隅に追いやられ、竹刀を取り落とした。

近習《きんじゅう》たちは、心配顔で吉宗を見つめているが、吉宗は喘《あえ》ぎつつも逃げることもせず俊平に立ち向かっていく。その姿に不安は感じられなかった。

「俊平、今日のそなたはなにやら頼もしい。なにかあったか」

吉宗は、竹刀を下げて休み、俊平に歩み寄って、手拭いで汗を拭った。

「それは気が付きませなんだ。本日の稽古、ちと厳しすぎましたかな」

俊平が、ハタとそのことに気づき心配そうに吉宗の顔をうかがった。

「よいのじゃ。これしきの稽古で音《ね》を上げるようでは、武家の棟梁《とうりよう》である将軍は務まらぬ。それより、そなたら江戸柳生が、尾張柳生の高弟たちを見事打ち破ったそうだな。この吉宗、誇りに思うぞ」

吉宗が、俊平の手を取って言った。

「はて、そういうことになりまするか」

俊平は声を低めて言った。

いかに形は稽古試合とはいえ、立ち合いで同門ながら他流に近いと言われる相手を破ったことは嬉しいが、門弟を死に追いやったことについては、俊平としても気が晴れない。

「そなたにとっては、つらい出来事でもあったろう」

「いたしかたないことでございました。死んだ門弟たちも、罪人としてではなく尊厳を持って死を迎えることができ、浮かばれましょう」

「うむ。尾張藩の急進派も、これで余の命を狙うこととあきらめてくれればよいが……。余もあの者らに命をくれてやるにはまだ早いと思うておる」

「ご冗談を。上様は、我が国にとっては極めて大切なお方。いつまでも将軍職を務め、天下を見守っていただきとうございます」

「そちにそう言ってもらうのはありがたいが」

「いかがなされました」

「その気概でこれまで務めてまいったが、いささか疲れた」

吉宗はふと虚ろな表情になって、俊平を見た。

「そのような」

吉宗は、また悲しげに笑っている。

「それより俊平、そなたの相手は、当代一の尾張柳生の剣豪であったそうじゃな」

「それは、どなたから、お聞きになられましたか」

「宗春じゃ。藩主として、こたびの事、危うい思いをさせたと謝り、そちを称《たた》えて、先日の試合のようすを伝えてきた」

吉宗は嬉しそうに宗春の話を伝え、俊平の肩をたたいた。

「左様でございますか」

「その折の剣捌《けんさば》きは、ありえぬほどの早業では。藩内の者、誰もが驚いていたそうな」

「それほどのこともございませぬが、ちと工夫をいたしました」

「どうしたのじゃ」

吉宗が小声で俊平に訊ねた。

「相手の素早い撃ち込みを左に傾けて受け止めるや、すぐに身をひるがえし、右から左へと身体を傾け、同時に相手の撃ち込みを跳ね返しました」

「聞くだけでは、ようわからぬな」

吉宗が、首を傾げた。

「されば上様。撃ち込んでみてはくださりませぬか」

「あいわかった。上段からじゃの」

吉宗は数歩退って竹刀を上段に振りかぶった。

「さればまいる」

吉宗は、スルスルと前に進むと、竹刀を斜めに倒し、俊平に斜めから撃ち込んできた。

と、それを受けるやに見えた俊平の身体が、わずかに左に傾き、同時に手にした刀が、打ち下ろされた竹刀を激しく弾いた。

吉宗の竹刀が弾かれ、道場の隅に飛んでいった。

同時に俊平の竹刀が吉宗の頭上で寸止めにされている。

「凄まじい返し技じゃの」

「竹刀ではわかりかねるかと存じますが、重い真剣を手首で回転させ、相手の刀を跳ね返すことは、なかなかに難しうございます」

「そうであろう。刀をそれほどに素早く動かすことが想像しがたい」

「秘訣は、じつは柄の握りにございます。左右の拳を近づけ、くるりと刀を回しました」

「それは、まこと秘剣よな」

「それほどのものではございませぬが……」

俊平は吉宗に微笑みを返し、

「もういちど上手くできるとは存じませんが」

「この秘剣なんと名づけた」

「影抜きと」

「影抜きは、人が一瞬影となって消えるようじゃというわけだ」

「素早く転じなければなりませぬ。この技、一瞬の勝負にございます。ところで上様」

「なんじゃ」

「こたびの事件、ご処分でござりますが、確定いたしましたか」

「うむ。事件の大本《おおもと》をつくったのは、阿蘭陀人どもじゃ」

「まことにございます。三百挺の新式銃を大名に売りつけようといたしました」

「余も、腹が立ったが、ここは堪《こら》えることにした」

「やはり、日ノ本と阿蘭陀の交易が大事とお考えになられましたか」

「うむ。阿蘭陀は紅毛人への唯一の窓口となっておる。このところの紅毛諸国の発展は著しい。我が国はこれに遅れをとってはまずい。阿蘭陀との交易をここは政策の最優先事項といたす。それゆえ難破船の真相も、これ以上は追わぬ」

「懸命なご判断かと存じます」

「ただし、阿蘭陀人どもには、厳重に物申しておかねばなるまい。長崎奉行窪田を通じて厳重に抗議させた」

「それはよろしうございますが」

「なんだ、俊平。そちは生ぬるいと申すか」

「いいえ、ただ長崎奉行窪田殿は、いささか世の習いに通じすぎております。上様のお声はあまり届かぬやもしれませぬ」

「窪田め、奴は有能なれど、いかにも汚れた悪徳の所業も多いと聞く」

「さようでございますな。西国大名の心をも巧みに捉えているよし」

「抜け荷のことであろう」

吉宗は重い吐息を洩らした。

「ご処分なされますか」

「問題は薩摩藩との関係じゃ。一筋縄ではいかん。西国諸藩を取り締まるなら、薩摩も同じようにせねばならぬ」

「そうなりまするな」

俊平は小さく頷いた。

「さすれば、薩摩は戦も覚悟で懸命に抵抗しよう」

「そこでござりまする。お覚悟は」

「うむ。難しい。それと、抜け荷の証拠がなかなか見つからぬ。遠く大海原《おおうなばら》の彼方《かなた》で行っている。幕府の船もその所在は摑めぬほど巧みな取引をしておるのであろう」

「さようでございましょうな」

俊平は、肥前屋黒揚羽の不敵な面影を回想した。

「俊平、先日の阿蘭陀の酒が、もう一瓶ある。今日も飲んでいかぬか」

「けっこうでございますな。じつは本日は我が藩からも上様に土産《みやげ》を持参いたしました」

「土産？　なんじゃ」

「じつは、わが側室が、長崎屋の娘より菓子の製法を学びとり、藩にて作りました」

「それはよい。じつはな、カピタンが土産に菓子を持参いたしたのだが、毒味役が、控えたほうがよいと申し、食べさせてもらえなんだ。それゆえ、あきらめておった」

「菓子は、日持ちいたします。藩の者はみな食しております。ご安心くださりませ」

「うむ。そちのところで作ったものなら、安心じゃ」

さっそく俊平は小脇に置いた風呂敷包みを解き、持参した菓子を取り出した。

「おお、これはなんとも美しい菓子じゃな」

「これはオリーボーレンと申す菓子にて、なんと牛の乳で作りました、白い餡のようなものが挟んであります」

「うむ」

吉宗が一枚取って口に入れてみる。

「なんじゃ、これは。味、香りが口一杯に広がっていく」

「お気に召され、うれしうございます」

「まことに美味い。伊茶によろしく伝えてくれ。このような美味なもの、余は食べたことがないとな」

「上様に喜んでいただければ、本人もこれにまさる喜びはありませぬ」

「さて」

吉宗は、小姓に合図を送り、阿蘭陀の酒を持参させた。

それを口に含めば、ようやく慣れてきた異国の酒の味に、すぐに酔いが回りはじめる。

「その長崎屋じゃが。こたびの新式銃の密売にも絡んでおったのじゃろう」

吉宗が苦笑いして、俊平を見返した。

「おそらく」

俊平も曖昧《あいまい》に応えた。

「ただ、あまり深く考えてはおらなかったようで」

「こたびは許すが、次は駄目じゃ」

「はい」

俊平の盃に小姓の手で阿蘭陀の酒が注がれる。

吉宗は満足そうに盃を干した。

「これより後、長崎屋の立場もさらに重きをなしてくる。幕府と阿蘭陀使節の仲立ち役ともなろう。阿蘭陀の知識を求めて、諸大名も接近してこよう」

「なるほど」

「政《まつりごと》に、関与させてはならぬ」

「はい。私からも目を配っておきまする」

「うむ。そちは、文武両道に優れたまことによき大名じゃ」

吉宗は機嫌よさそうに俊平を見返し、俊平の盃に酒を注がせる。

「上様ははや、お酔いになられましたか」

俊平は、すでにホロ酔い加減の吉宗を見上げた。

俊平が、小姓らに阿蘭陀菓子を勧める。

その日もまた、俊平が城を辞したのは、六つ（夜六時）をだいぶ廻ってからのこととなった。

四

それから数日の後、柳生俊平は、東藤伝七郎がひそかに葬《ほうむ》られた墓へ参るべく、四《よっ》谷鮫《やさめ》ヶ橋《がはし》南《みなみ》寺町《てらまち》にある曹洞宗《そうとうしゅう》永心寺《えいしんじ》をひとり訪れた。

その日はあいにく朝から雨模様《あめもよう》だったが、激しい降りではなく、降ったりやんだりの小糠雨《こぬかあめ》で、俊平が寺を訪れた頃には、雨もすでにやんでいた。

真成院《しんじょういん》から観音坂《かんのんざか》を下り、少し歩いたあと、今度は戒行寺坂《かいぎょうじざか》という小さな坂を上ると、瀟洒《しょうしゃ》なつくりの上品な小寺がある。曹洞宗永心寺である。

辺りは、他にも小さな寺院が密集した地区である。

そのこぢんまりとした山門を潜れば、手入れの行き届いた境内《けいだい》に、人の姿はない。

本堂を廻って寺の裏手に出ると、そこは墓地となっていて、大小の墓石や卒塔婆《そとうば》が立ち並んでいる。

ぐるりと墓地を見まわせば、遠く参拝者のいる真新しい墓が見えた。

曇り空を、低く鳶《とび》が舞っている。

参拝の者はこちらに背を向けて屈み込み、墓に体を近づけ、小さく体を震わせている。

むせび泣いているのであった。

俊平は、ゆっくりとその参拝者に近づいていった。

誰あろう、師の奥伝兵衛である。

背を丸め、咽《むせ》びながらなにか独り言をつぶやいている。

その真新しい墓に刻まれたのは、戒名《かいみょう》のため、誰のものか定かではない。

数多くの花が手向《たむ》けられている。一藩士の墓には、ふさわしからぬ花の数であった。

「伝七郎よ……」

さらに近づけば、わずかに老人の声が聞こえてきた。

「先生……」

俊平が呟《つぶや》いた。

「おお……、俊平か」

伝兵衛は、振り返ることなく俊平の名を呼び、

「来てくれたのだな」

と、静かにつぶやいた。

「まいりました」

「きっと、伝七郎も喜んでくれよう」

「そうでしょうか……」

「むろんだ」

奥伝兵衛が、ゆっくりと振り返った。

「伝七郎は、いさぎよく散っていった。勝ち負けにかかわらず、伝七郎は、死ぬ覚悟を決めていた。義に生き、尾張藩士としての矜持《きょうじ》を胸に討たれたのだ。本望であろう」

「左様であれば、私も浮かばれます」

俊平も、両手を合わせて頭《こうべ》を垂れた。

「さあ、こちらにまいられよ」

奥伝兵衛に誘われ、俊平は師の横に並んだ。

「この花の数を見よ、俊平。毎日、花を手向ける者が絶えない。このおびただしい花のなかには、宗春様のものもある」

「宗春公も、ここへいらっしゃったのですね」

伝兵衛が、俊平を見返し頷いた。

「殿は、もはや上様と事を構える気などないと思う。だが、幕府の非道な要求にはいつも怒りに顫《ふる》えておられた。老中松平乗邑様や、附家老竹腰正武殿の尾張藩へのいやがらせには、なんとしても許せぬお気持ちであったのだ」

「そのお気持ちは、よくわかります」

「その殿のお気持ちに共感して、急進派は立った。だが、狙う相手をまちがえた」

伝兵衛が、無念そうな表情を浮かべた。

「左様でございまする」

「上様のお命を狙い、事が露見したからには、殿も腹をくって処罰せねばならなかった。藩存亡の危機なのじゃ」

「はい。尾張藩は、若い藩士たち一同、一丸となって藩を守り抜きました」

「そう思うてくれるか、俊平」

「はい」

「そうだ。あの者らは、死ぬよりなかった。だから悲しい。切ないのだ」

俊平は、改めて手を合わせ拝んだ。

「先生は、伝七郎殿が安らかに眠っておられるとお思いですか」

「むろんのことだ、俊平」

「なぜ、わかるのです」

俊平は、振り返って伝兵衛に訊ねた。

「あの日のことだ……。道場で生死を別《わか》つ試合があった後、私は殿に従って、そなたに敗れた伝七郎の亡骸《なきがら》に近づいていった。その時にな、伝七郎にはまだ息があったのだ」

「なんと。まだ息が……」

「ああ、安らかな顔であったよ。そなたと思う存分闘った。負けはしたが、あ奴は満足したのだろう。そのような顔であった」

「そうでしたか」

俊平は、ゆっくりと吐息した。

「伝七郎はむしろ、そなたに感謝しておったのではないか。罪人としてではなく、誇り高く正々堂々、そなたと立ち合って死ねたのだ」

「それを聞いて、私も胸のつかえが下りたような気がいたします」

その時、背後に人の気配があった。

振り返れば、数人の若者が立っている。尾張藩の若い剣士たちだろう。稽古着《けいこぎ》を着け、高下駄《たかげた》を履《は》いている。稽古帰りの墓参らしい。

みな、手に花束を持っている。

「そなたらも、墓参りに来てくれたか」

伝兵衛が、静かに声をかけた。

「師範、そちらは――」

「おお、こちらは柳生俊平殿だ」

「なに、柳生ッ――！」

若者の一人が、声を荒らげて言った。

「東藤伝七郎の仇《かたき》――ッ」

一人が息を呑んだ。

同時に、若侍たちがいっせいに刀の柄《つか》に手をかけた。

「よさぬか、そなたら！」

奥伝兵衛が一喝《いっかつ》した。

「しかし、こ奴は将軍吉宗の密偵でございますぞ」

別の一人が言えば、みな揃って、そうだ、そうだと叫んだ。

「そなたらは、なにを思いちがいしておる。柳生殿は、柳生新陰流の総帥《そうすい》。殿の求めに応じて立ち合い、勝負を制せられた。東藤伝七郎は、剣を志して勝負に生き、立ち合いに敗れた。殿も、すべてご覧になっていたではないか」

「しかしこの男が、吉宗の密偵として藩を探っていたことは確か。吉宗は、新式銃で暗殺を企んだのが尾張藩と見ていたのです」

「尾張藩には前科がある。疑われても致し方ない。だが、犯人はついに見つからなかった。これ以上の追及はあるまい」

俊平が、穏やかな口ぶりで言った。

「それは」

若侍たちが、互いに顔を見合わせた。俊平の意を察したらしい。

「そもそも上様には、尾張藩を処罰するおつもりなどなかった。老中らの企ては、上様ご自身が抑えておられる」

俊平が、落ち着いた口調でつづけた。

「東藤伝七郎のことは、残念であった。しかし私は、宗春公の求めに応じ、奥先生のご門弟と立ち合ったまで。そういう話では、ないのか」

俊平が、きっぱりと言った。

「幕府の密偵がなにを言う」

若侍の一人が、言った。

「まだ、目が覚めぬのか」

奥伝兵衛が立ち上がり、若侍たちを一喝した。

「柳生殿は、殿の信頼がすこぶる篤《あつ》いお方だ。こたびのことも尾張藩のために尽力し、穏便《おんびん》に事を収めてくだされたのだ。そのようなお方に刃を向けるなら、この私が斬る」

「しかし……」

「もうわかったであろう。柳生殿は上様の影目付ではあるが、名古屋の道場で剣術を修めた尾張柳生の剣士でもある。けっして、尾張藩を追い詰めることはならぬ」

伝兵衛の気迫に、若い門弟たちは、一同押し黙ったままである。

「さあ、安らかに眠る伝七郎に花を手向けるがよい。けっして、刀の柄に手を触れてはならぬ」

伝兵衛がそう言えば、若侍たちはしばらく顔を見合わせ、立ちすくんでいたが、一人そして一人と墓前に進み出て、花を手向けはじめた。

「江戸柳生は、尾張柳生とはちがう独自の発展をし、成長著しいぞ。江戸の道場にも通い、せいぜい交流を深めるがよい」

「そのような……」

花を手向け終えた藩士たちが、憎々しげに俊平を見返す。

俊平は、その視線を受け流しつつ、穏やかな表情を崩さないまま、

「その気になったら、いつでも訪ねてきてくれ。江戸柳生と尾張柳生がいつまでもいがみ合っていても、致し方ないことだ」

と、きっぱりと言えば、伝兵衛も微笑《ほほえ》んだ。

「そうだな。そなたらも恨みに囚《とら》われず、もっと大きな目で柳生の剣を、この国を、そして世界を見渡してみるのだ」

「はあ……」

奥伝兵衛の言葉に、若侍たちはぽかんと口を開けた。

「さあ、帰ろう」

揃って墓前に立ち、もう一度みなで手を合わせる。

若侍らの俊平への憎しみは、幾分収まったように見えた。

「私は、ほんとうに強い相手と立ち合うことができた。己を厳しく戒《いまし》めるためにも、年に一度は、この墓を訪ねたい」

俊平が最後に言った。

「おお、そうしてやってくれ。伝七郎も、草葉の陰で喜ぼう」

奥伝兵衛はそう言って、俊平の手を握った。

「殿は、上様と事を荒立てる気はないのだ。ゆめゆめ、新たな対立の火種を作ってはならぬ」

奥伝兵衛にそう諭されて、若侍たちも渋々納得したようだった。

雨空はようやく晴れて、雨雲の脇から薄日が差しはじめていた。

五

堺町の中村座から程遠からぬ大通り沿いの煮売り屋《にうりや》〈大見得《おおみえ》〉は、その日も芝居好きの酔客を集めてすこぶる活況を呈していた。

芝居小屋が近いので、役者の出入りも多く、団十郎一座の若い衆が、ふらりと訪ねて来ては酒を飲んでいく。

すると、芝居好きの客がきまって声をかけてきて、金の無い役者たちに奢《おご》ってやり、芝居談議につきあわせるのであった。

役者たちも心得たもので、客たちに話を合わせては、酒と肴《さかな》にありつくという寸法なのである。

「ほう、今日も賑わっておるな」

阿蘭陀人使節とともに尾張名古屋まで行き、また江戸へもどってきた大樫段兵衛と店を訪れた柳生俊平は、ぐるりと店を見まわし微笑んだ。

俊平はこの店の活況が好きである。

俊平が、茶花鼓《ちゃかぽん》を教えている弟子の姿もある。みな、調子よく酔客を集めて話に花を咲かせ、ちゃっかり酔客を鴨《かも》にしてただ酒を飲んでいるところは大したものである。

「奴らも、したたかなものよな」

ぐるり店内を見まわして段兵衛が言えば、

「あれも、芸のうちだよ。客相手に話で酔わすことができねば、役者として一流とは言えぬわ」

俊平が、若手を擁護《ようご》した。

「それで、阿蘭陀人使節はどうであったのだ、段兵衛。親しくなれたのか。もっと話をきかせてくれ」

「そりゃあ、行く先々で大藩のお大名同然さ。魚は、なんでも好きなだけ食っていた」

「そいつはすごいな」

俊平が素直に驚いた。

「もう、品川《しながわ》の宿場から、どんちゃん騒ぎでな」

「女の話で盛り上がるし、日本の食事にも慣れたものだ」

「カピタンの話では、阿蘭陀国は海に面しているが、魚の種類があまりなくて、日本は魚の天国だと言っていたよ」

みなうらやましそうに話を聞いている。

「三百人もの警護役人も役得。慣れたものよ。みな一味同心なのさ」

「だが、尾張ではそうとう足止めを食らったようだな」

「ああ、半月もの間、あの地から動けなかった。むろん阿蘭陀使節も同様だ。くさっていたよ」

「そうだろう」

「だが、その割には尾張藩の役人どもは、ろくな取り調べもしなかった。同行の長崎奉行所の者と酒を飲んでいた」

「一蓮托生《いちれんたくしょう》の者どもなのだからな。江戸から、幕府の役人は来なかったのか」

「来た。数も多い。だが、どれほどのことがわかったかはわからぬ」

「そうであろうな。目撃者も少なく、異国の帆船についても、沈んでしまったのだから、詳しくわかる者はない。阿蘭陀船だということになったが、じつのところ実物を見た者もおらぬのだからな」

「すぐ脇に、荷船が付いていたというが」

「日本の大型船だ。水夫《かこ》が甲板に立ち、その沈んでいく異国船からしきりに船荷を運び出していたが」

「荷はどんな物だった」

「四尺はあろうという長い木箱だったと漁師が言うていた」

酒が運ばれてきて、俊平がいつもの肴を数品注文する。

「おそらく、抜け荷の荷船であろうな」

段兵衛が言った。

「やはり、銃が入っていたのであろうな」

「ああ、そうであろう。それから数日後、上様が襲われた」

「そういうことだな」

俊平と段兵衛が、狙撃犯の手際のよさに感心してうなずき合う。

「まあ、大事とならず幸いであったが、阿蘭陀船の遭難がなければ、銃は大量に尾張藩に持ち込まれ、大事となっていたかもしれぬな」

段兵衛が言った。

「尾張藩にはまだまだ大仕掛けな組織が温存されておるやもしれぬ」

俊平は、久しぶりの伏見の酒を口に運んで言った。

「それで、肥前屋にまでは調べは及ばなかったのだな」

段兵衛が訊ねた。

「ああ、そこまではな。長崎奉行についても証拠がない」

「逃げのびたか。したたかな奴らよ」

「だが、なぜ危ない橋を渡ってまで、肥前屋は尾張藩に銃を売ったのだ。これは、事情があるのであろう」

俊平が小声で言った。

「よほどの事情か――」

「黒揚羽は尾張柳生の門弟と親しかったと誰かが言っていた。なにか裏で繋がっていたのやもしれぬ」

「情がらみか」

段兵衛が目の色を変えて俊平に訊ねた。

「わからぬ」

「急進派はみな死んでしまった。残りは西国の大名に売るつもりであったのだろう。黒揚羽は西国に強い。危ない、危ない。上様もうかうかしておれぬ」

段兵衛が言った。

「幕府も、天下太平などと安閑《あんのん》とはしておれぬというところか。それより段兵衛」

俊平が、段兵衛の盃にちろりの酒を向けた。

「なんだ」

「あの阿蘭陀人どもだ。旅の途中で、何者かと接触があったのか」

「それが、道中では容易に会えぬが、宿では得体の知れない商人ふうの男たちが接触を計っていた」

「やはりな」

「肥前屋の人間とも、何度か接触していたようだ。よくもあれほど、阿蘭陀の使節に日本人の知り合いがいるものだ。驚くほどだったよ」

と、その時である。

「あ、こりゃあ、柳生先生、それに段兵衛さん」

団十郎が、二人の姿を見つけて、笑いながらこちらに近づいてきた。

「おや、段兵衛さん。ちょっと、お痩《や》せになったんじゃございませんか」

団十郎が、髭《ひげ》を伸ばし放題の段兵衛の顔をもの珍しそうに覗き込んだ。

「おお、わかるか……」

それを、目玉を剝《む》いて見返して、段兵衛が訊いた。

「そりゃ、わかりますよ。話に聞けば、阿蘭陀使節一行に同行し、だいぶご苦労しなすったそうで」

「うむ、連中の我が儘《わまま》にずいぶんつきあわされた。それに、抜け荷騒ぎに巻き込まれてしまってね。女房の実家の柳河藩が、こっそりやってることまでバレるんじゃないかって、冷や冷やだった」

「でもね、いけねえのは幕府じゃないですかい。幕府が交易を独りじめしているからこうなる。じつにケチくせえ」

団十郎が、ちらりと俊平を見て言った。

「はは、そうかもしれぬな、大御所」

俊平も、団十郎の言い分を否定しなかった。

「でも、先生もそんなことを認めちゃって、いいんですかい」

団十郎が意外そうに俊平を見た。

「私は、いつだって思ったことを言うさ。私も、ほんとうは禁令を出すまでするなんてとんでもないと思っている。大御所同様、ケチくさいと思ってね。まあその一方で、幕府が交易を独りじめしているから、他藩に新しい武器が渡らずに、太平が保てているということもあるがね」

「まあ、それはあるでしょうがね」

団十郎は、俊平の話に頷いた。

「政は、難しうございますな」

「まあ、是々非々《ぜぜひひ》でいくべきだよ。上様もほんとうは、抜け荷にそれほど目くじらは立てておられぬのかも、と思う時もある。ああしたおおらかなお人柄だ」

「それはほんとうか、俊平」

段兵衛が、意外そうに俊平を見かえした。

「それはわからぬ。天下人という立場ではそうとしか言えぬものだ」

「ところで、上様は西国諸藩の抜け荷に気づいておられるのだろうかの」

「そうかもしれぬな。少なくとも薩摩藩に関してはな」

俊平が言った。

「それでも、厳しくお咎めにならぬのは」

「薩摩と、事《こと》を構えたくないからだろう。それに、先年の西国の飢饉は酷《ひど》かった。だから、目を瞑《つぶ》っておられるのだろう」

「そういうことか」

「今だけですよ。甘く見ちゃいけません、段兵衛さん」

女将のお浜《はま》が、段兵衛の肩をたたいた。

「将軍さまだって、時には鬼になられます」

「そうだな」

段兵衛が肩を落とした。

「ところでみなさま、いいお酒が入っていますよ。伏見の下り酒です」

「それにしておこう」

俊平が言えば、みなも口を揃えて同意した。

「だが、さっきの話、段兵衛が痩せはじめたのは、江戸に帰ってからではないか」

「じつはな」

段兵衛が、俊平を見返し、苦笑いを浮かべて、うなずいた。

「たしか、段兵衛さんの奥さまは、女丈夫《じょじょうふ》の妙春院《みょうしゅんいん》さんでしたね」

「はは、段兵衛の痩せた理由が、わかったかい。お浜さん」

「わかりましたよ。大変なお方といいますから」

お浜は、同情するように段兵衛を見た。

「柳河藩の出戻り姫でな。藩の台所を助けるため、いま江戸に出て来て玉屋の下請けをしている」

「へえ、花火屋さん。そりゃあ、凄い」

お浜が、段兵衛を見返した。

話をしているうちに、湯気の立つ鯛《たい》の丸焼きが運ばれてくる。

「さすがに、大御所らしい。豪華な肴だね」

俊平が言えば、役者たちがその豪華な魚をにやにやしながら覗き込む。

分け前に与《あずか》りたいようだ。

「ところで、大御所」

さっきまで、おとなしく話を聞いていた女形の玉十郎が、

「今日は、お局さま方が阿蘭陀菓子を作るという話でございますよ」

と、みなに披露した。

「なに、お局さま方が、どうしてまた」

俊平が訊ねた。

「いえね。お弟子さんの長崎屋のお嬢さんが、手ほどきされるんだそうで。お局さま方に伊茶さまの話が伝わりましてね。それなら、ぜひ教わりたいと」

「それなら、また阿蘭陀菓子が食べられるのかな」

俊平が、嬉しそうに目を輝かせた。

「わしは、まだ一度も食べたことがないぞ」

目の色を変えて、段兵衛が叫んだ。

「あっしもだ。大江戸広しといえども、そんなものを売っている菓子屋なんてありゃしねえ」

大御所団十郎が目の色を変えた。

あちこちで話を聞いているだけに、団十郎もぜひ食べてみたいらしい。

「ならば、これからお局館に菓子を食べにいくのも一興だの」

俊平が一同に誘いかけた。

「だが、ご迷惑ではないか」

段兵衛が言った。

「団十郎さまに菓子を食べてもらえば、あの人たちは本望であろう」

段兵衛が、手を打って喜んだ。

「で、玉十郎も来るのか」

団十郎が、誘いかけると、

「言うまでもありませんや。あっしは、あそこの歴《れっき》とした弟子でございますよ」

と唇を尖らせた。

六

「まあ、柳生さま、それに段兵衛さまも」

俊平がお局館の格子戸をがらりと開けると、廊下に出ていた吉野《よしの》が、すぐに二人に気づき出迎えた。

「おや、団十郎さまではござりませぬか」

部屋から出てきた綾乃《あやの》が、首をかしげて俊平の後から続いて入ってきた団十郎を見やって声をかける。

「まあ、今日は千客万来《せんきゃくばんらい》でございます」

歳嵩《としかさ》の常盤《ときわ》が、嬉しそうに相好《そうごう》を崩してみなを迎えた。

足元を見れば、上等そうな草履《ぞうり》が数足並んでいる。

「本日は、長崎屋さんのお嬢さまがお父さまとともにまいられております」

「ほう。長崎屋の主も来ておるのか」

俊平は、意外な人物の来訪ににやりと笑った。

長崎屋はこのところ、悪名が高くなっているだけに、つい苦笑いがこぼれてくるのであった。

「娘が世話になっていると、うちの者たちに菓子とお酒を振るまってくださるそうにございます」

常磐が嬉しそうに言った。

「酒か。それはよい。あの酒は強いぞ」

「いいえ、今日はそのお酒ではなく、白の葡萄酒《ぶどうしゅ》だそうにございます」

吉野が言った。

「葡萄の酒か。それもよい」

階下の客間には、すでに長崎屋源右衛門、文奈、それに伊茶が座している。

「そなた、ここにおったか」

「今日は、菓子作りをお手伝いします」

伊茶が嬉しそうに言う。

「おお、長崎屋、久しいの」

「これは柳生様。こたびは、大変なご迷惑をおかけしました」

「おお、ちと心配したぞ」

「はい、娘にもよき助言を賜《たまわ》り、お礼申し上げます。上様には、だいぶ口添えをいただいたのではと存じます」

「いや、私はなにもしていない。本来なれば、法を破った罪は重いところだが、大切な阿蘭陀国の使節を迎える大役を仰せつかるそちゆえ、助かったようだ。だが二度と、迂闊《うかつ》な真似はいたすまいぞ」

多少、厳しい口調で俊平はそう言ってから、

「まあ、よかったな。これよりは、阿蘭陀使節にはよけいな助言はせぬことじゃ。黒揚羽の口車にも乗らぬようにな」

そう言って諭せば、

「これはどうも、すべてお見通しで」

源右衛門は、苦笑して頭を掻いた。

「西国大名との接触もなしといたせよ」

「はい。なにやら使節に取り次いでほしいという書状もまいっておりますが」

源右衛門は、深刻な表情になってうなずく。

「いかん、いかん。まあ、難しい話はこれくらいにして、今日は大江戸のご意見番、市川団十郎殿と若い役者たちを連れてきた。文奈どのの阿蘭陀菓子をぜひ食べてみたいとのことじゃ」

俊平がそう言って、団十郎を紹介すれば、長崎屋は目を輝かせて団十郎を見上げた。

「それでは本日は、伊茶さま、お局様方と、腕によりをかけて美味しいお菓子をお作りします」

文奈が伊茶と顔を見合わせ、大台の上に広げた菓子の材料を前に胸を張った。

お局館の女たちが、総出で作業に入る。

「はて、はやよい匂いが立ってきたな」

団十郎が鼻を蠢《うごめ》かせ、文奈ら女たちの手元を覗き込んだ。

「こんな匂い、嗅いだこともありませんぜ」

玉十郎が、菓子に顔を近づけて言う。

「おい、玉十郎。余り近づくな。涎《よだれ》が落ちる」

達吉が、制作中の菓子の上に身を乗り出した玉十郎の背を取って引き起こした。

成型の終わった菓子が、調理場に運ばれていく。

油で揚げるためだ。

「待ち遠しいの」

段兵衛が、唸るように言った。話には聞いていたが、食べるのは段兵衛も初めてである。

俊平が源右衛門の肩をたたけば、いよいよ阿蘭陀菓子がお局方の手で運ばれてくる。

「ああ、美味そうな匂いだ。たまらねえ」

玉十郎が、うっとりとした表情で言えば、

「今、小分けしますからね」

吉野が十枚ほどの小皿を抱えてきて、菓子をその上に並べはじめた。

「さあ、柳生さま。大御所はこちらでございます」

女たちが、手際よく取り分ける。

「こいつは、美味いや！」

菓子をひとつ口に放り込んだ団十郎が、そう言って唸った。

みなが黙々と菓子を口に運ぶ。

みな、ただ唸るばかりで、感動を口にする者すらいない。

「驚いたな。このような食べ物が世にあったのか」

団十郎が、感極まったあげく、ようやく感嘆の声を上げると、

「世の中は広いもんだ」

と、玉十郎が唸った。

「まあ、初物だからね。食べていくうちに、案外普通になる」

俊平が笑った。

「いいや、おれはこれを口にしたことを忘れないよ。この味は絶対に忘れるわけがねえ」

団十郎が、言った。

「これには、葡萄酒も案外合いますよ」

長崎屋源右衛門が、言った。

「とにかく、よかった。幕府と尾張藩の対立が治まってね」

吉野が注ぐ白葡萄酒を受けて、団十郎が言った。

「そうさ。鉄砲造りに遅れを取ったって、それでも天下太平がいちばんだよ」

俊平が、葡萄の酒を受けて言う。

「大勢のお客さんに芝居を見てもらえるのは、天下太平であればこそだ」

「そのために、私はこれからも剣を振るうよ」

俊平が団十郎に言った。

「あれ、阿蘭陀菓子をぜんぶ食っちまった」

玉十郎が、呆れたように言った。

「大丈夫。まだまだ材料はあります。どんどんお菓子を作りますよ」

文奈が一同を見まわして言う。

「あたしたちも、お手伝いいたしますよ」

常磐が胸をたたけば、

「むろんでございます」

志摩《しま》も強くうなずいた。

女たちが菓子作りに精を出しはじめた。

「よいことを思いつきました。いっそこれを江戸で売り出してはいかがなものでしょう」

吉野が、目を輝かせて言った。

「だが、それはできぬぞ」

俊平が残念そうに言うと、文奈と顔を見合わせた。

「材料となるものが、これだけしか江戸では手に入らぬのです」

文奈が言う。

「はは、それではいたしかたない」

団十郎が、早々にあきらめて笑った。

「これは、このお局館の宝物として時々作ってもらうことにいたしましょう」

「それも、よろしうございます。またみなさんが当館に遊びに来てくださいますからね」

吉野が顔をほころばせて言った。

「私はいつだって来る。招待されたらね」

団十郎がそう言えば、女たちの間からどっと喝采が起こった。

時代小説

二見時代小説文庫

カピタンの銃《じゅう》　剣客大名《けんかくだいみょう》　柳生俊平《やぎゅうとしひら》 17

二〇二一年　五　月二十五日　初版発行

著者　麻倉一矢《あさくらかずや》

発行所　株式会社　二見書房
〒一〇一-八四〇五
東京都千代田区神田三崎町二-一八-一一
電話　〇三-三五一五-二三一一［営業］
　　　〇三-三五一五-二三一三［編集］
振替　〇〇一七〇-四-二六三九

印刷　株式会社　堀内印刷所
製本　株式会社　村上製本所

落丁・乱丁本はお取り替えいたします。定価は、カバーに表示してあります。

ISBN978-4-576-20201-3
https://www.futami.co.jp/

早見 俊

椿平九郎 留守居秘録

シリーズ

以下続刊

① 椿平九郎 留守居秘録 逆転！評定所

② 成敗！黄金《きん》の大黒

出羽横手藩十万石の大内山城守盛義は、江戸藩邸から野駆けに出た向島の百姓家できりたんぽ鍋を味わっていた。鍋を作っているのは、馬廻りの一人、椿平九郎義正、二十七歳。そこへ、浅草の見世物小屋に運ばれる途中の虎が逃げ出し、飛び込んできた。平九郎は獰猛な虎に秘剣朧月《おぼろづき》をもって立ち向かい、さらに十人程の野盗らが襲ってくるのを撃退。これが家老の耳に入り……。